莎士比亞
超圖解

Artist/Writers : Caroline Guillot

Contents

悲劇

莎士比亞
趣味
小專欄

前言

不，莎士比亞還沒死呢！

愛情、決鬥、誤會，這些都是莎士比亞劇作中常見的元素，讓每一位讀者的心情總是隨著故事情節翻攪糾結、高潮迭起。當我們進入莎翁充滿了斗篷與劍的騎士國度裡，這些爾虞我詐的故事情節讓我們再也無法心平氣和地冷眼旁觀。然而，我們很少人真的敢自豪地說，自己非常懂莎士比亞的作品。承認吧！除了最暢銷的《羅密歐與茱麗葉》和《哈姆雷特》之外，如果有人要你舉出五部莎士比亞的作品，你敢說你不會支支吾吾，慚愧地說不出來嗎？

知道了你可能會嚇一跳：莎士比亞其實一共寫了三十七部劇本，另外還有一百多首的十四行詩……。有人以為莎士比亞就好比是英國版的莫里哀（Molière），但這可是大錯特錯。這兩位作家並不是同一時期的人物（莎士比亞死了以後，莫里哀才出生），而且兩人也各有自己獨特的文類風格。

如果說莫里哀的劇作是在嘲諷整個社會的話，那麼莎士比亞的作品可不只是宮廷的奇聞軼事而已。英格蘭歷史、傳奇故事、希臘悲劇、義式鬧劇……，這些他都會寫，而且和波克蘭先生（Poquelin，莫里哀的本名）不同的是，莎士比亞非常懂得徹底發揮悲劇的效果：在他的作品裡，死亡除了有黑暗的成分之外，還帶有一種荒謬的喜感。

好萊塢大大提高了莎士比亞作品的知名度。不過，這主要得歸功於好萊塢的演員（他們總喜歡穿著夏威夷襯衫，露出除過毛的胸部）。好萊塢的導演們並沒有那麼忠於莎翁的原著，因為他們知道，電影也必須迎合觀眾的口味……，而且是以女性為主的觀眾！

　　重視原著的人認為，我們只有在劇場裡才能真正品味莎士比亞的才華。這樣的想法並不誇張，因為透過莎士比亞歷史劇作的演繹呈現，坐在舞台前的觀眾彷彿能身歷其境，重回玫瑰戰爭期間最磅礴、浩大的戰役。

　　不過呢，管它是什麼酒，只要能喝醉就好！這本書以一種新的形式，引領讀者用不同的方法探索莎士比亞的世界。歷史脈絡、伊莉莎白時代的劇場介紹、十七齣莎翁劇作的圖像精簡版（人物角色淺顯易懂）、奇聞軼事、劇本引述，應有盡有。

　　有了這本書，你再也不會抹煞作者天賦異稟的才華。另一方面，莎士比亞也深深提醒了我們，仇恨的力量雖然可怕，但是愛的力量卻更偉大，因為愛讓這個世界變得更多采多姿！

英格蘭一百年大事紀

回顧一下英格蘭當時發生了哪些大事？

● 聯姻　　● 出生　　● 死亡　　● 政治　　● 宗教　　● 世界　　● 特別事件

15 00

16 瑪麗一世誕生。另有「血腥瑪麗」的稱號

31 亨利八世與羅馬教廷斷絕關係，成為英格蘭教會的領導人

33 亨利八世為了娶安妮‧博琳（伊麗莎白一世的生母）與阿拉貢凱瑟琳離婚

33 伊麗莎白一世誕生。她一生未婚，因此被稱為「童貞女王」

36 安妮‧博琳遭到斬首、亨利八世娶珍‧西摩

37 亨利八世與珍‧西摩的兒子愛德華六世誕生

47 亨利八世逝世

47 愛德華六世登基，加冕時，年僅九歲

47 准許牧師結婚

53 瑪麗一世登基，成為英格蘭及愛爾蘭女王

53 愛德華六世逝世，逝世時年僅十五歲

53 英格蘭女王瑪麗一世與西班牙的腓力二世結婚

英格蘭的文藝復興時期

伊莉莎白女王為什麼如此熱愛藝術？
她對藝術的追求，又將帶給莎士比亞什麼幫助？

都鐸王朝的來臨

　　十五世紀末的英格蘭進入了承平時代，這一切都要歸功於都鐸王朝的來臨。亨利七世擊敗理查三世後，結束了約克家族與蘭開斯特家族之間的玫瑰戰爭，長久以來摧殘著這個國家的內戰也終於落幕。英格蘭終於可以好好喘一口氣，準備迎接一系列文化、人文思潮的洗禮，也就是文藝復興運動啦！

任性的王子

　　這個故事的一開始就跟其他的故事一樣：「很久很久以前，有三位厲害的王子，他們彼此爭奪著歐洲的霸主地位。他們分別是英格蘭的亨利八世、法國的法蘭索瓦一世和德國的查理五世。這三位王子都從人文主義的導師身上接受了最好的教育，所以他們多才多藝，劍術、文學、音樂、語言和數學樣樣精通。然而唯一的缺點是，三位王子的自尊心都太強了，他們都想利用各種方式來擴張自己的勢力，包括他們英勇的騎士武力、金錢財富、美饌佳餚……，尤其是對藝術的贊助。」

　　亨利八世從他父親亨利七世手中繼承了一大筆財富，多虧了這筆財富的贊助，許多藝術、建築、裁縫和音樂後來才能夠蓬勃發展。為了自己心愛的女人，亨

利八世毫不猶豫地和羅馬教廷決裂，不顧教宗的反對，休了自己的妻子阿拉貢凱瑟琳，與貌美的安妮·博琳結婚。

　　由於對愛情如此的任性，亨利八世成為了英格蘭教會的最高領導人。後來，他的女兒伊莉莎白一世將英格蘭教會與羅馬教廷的關係斷絕得更徹底。伊莉莎白女王一世在位的四十四年裡，她為英格蘭帶來了一股嶄新的風氣，讓這塊土地不再深陷於疲乏的宗教戰爭，也從此確立了英國國教的地位。

文藝復興的黃金時代

伊莉莎白女王的形象

　　由於宗教改革的緣故，肖像崇拜逐漸式微，但是伊莉莎白女王仍然希望強化皇室神聖的形象。為了加強宣傳效果，伊莉莎白女王用了各式各樣的藝術形式來宣傳，其中包括繪畫、文學和戲劇等，都是重要的宣傳工具。

　　和鄰近國家不一樣的是，英格蘭的文藝復興不僅受到了義大利文藝復興的啟發，也受到許多其他國家的啟發。自從宗教改革以來，許多改革派的藝術家被迫從歐洲大陸逃亡，英格蘭就成了他們的避風港。北歐國家的藝術也開始進入英格蘭，於是開始了一場與眾不同的文藝復興運動。

因為女王的變革，倫敦這座三十萬人口的大都會外觀開始快速地出現變化。
宮廷的運作逐漸上軌道，而且不管是什麼建築，女王都同意興建。受到了法蘭
德斯風格的啟發後，華麗的都鐸式建築也開始紛紛出現。英格蘭整體的建築風
格逐漸現代化，捨棄了舊式的廳堂，多了餐廳和舞廳的配置。現在，人們可以
在房子裡迎賓宴客、談天思考，還可以跳舞！

擁抱財富的伊麗莎白女王

在擊潰了西班牙無敵艦隊之後，伊莉莎白女王開啟了海外殖民的大門。美洲
大陸終於臣服於女王的腳下，而不久之後全世界也將如此。英格蘭的商業網絡
開始展現實力，而隨著東部與西部省份公司（如東印度公司）的成立，財富不
用等就將源源不絕地到來。

這筆天上掉下來的財富，很適合伊莉莎白女王接續父親已經做得有聲有色的
事業：藝術贊助。於是，許許多多的藝術家紛紛從中受益……，我們大名鼎鼎
的莎士比亞也不例外。

莎士比亞到底是誰？

莎士比亞在哪裡出生的？他結過婚、生過小孩？
還曾從人間蒸發過？
他的墓碑上，又有什麼離奇的傳說？

年少時期的莎士比亞

歷史學家公認，當時人們為新生兒受洗的時間是出生後三天，由於莎士比亞的
受洗日是一五六四年四月二十六日，因此我們可以推斷，他的出生日期應該是二
十三號。另一方面，莎士比亞的出生地點並沒有太多爭議：埃文河畔的斯特拉特
福，位於英格蘭的華威郡。

莎士比亞在一個中產階級家庭中成長，他的父親叫作約翰，是一名手套製造
商。約翰娶了瑪莉・亞登，瑪莉的家世背景也非常好。威廉・莎士比亞在當地鎮
上的文法學校讀書，接受了古典式的中學教育。

一五八二年的十一月二十八日，十八歲的威廉・莎士比亞娶了年長他八歲的
安妮・哈瑟威，結婚時，安妮已經懷有幾個月的身孕。一五八三年五月，安妮
產下蘇珊娜。由於莎士比亞對妻子並不好，而且他對年輕人的戀愛又有所批判
（就像在《暴風雨》裡看到的一樣），因此有些人認為這場婚姻並不幸福美滿，
莎士比亞可能很快也為這段婚姻感到懊悔。不過不管婚姻美滿不美滿，小倆口
後來又生了兩個孩子，這次是一對雙胞胎：哈姆奈特和茱蒂絲，誕生於一五八
五年二月。

莎士比亞從人間蒸發了？

除了少許的資訊之外，在長達十年的時間裡，人們幾乎找不到任何和莎士比亞有關的蛛絲馬跡。歷史學家認為，他可能在一五八七年左右隻身前往了倫敦。這個時間點正好也是英格蘭開始興盛繁榮的時期：伊莉莎白一世剷除了她的政敵（她的表親蘇格蘭女王瑪麗·斯圖亞特），而且不久前也才重重挫敗了西班牙無敵艦隊。因此，伊莉莎白時代的劇場正開始蓬勃發展。

在倫敦打拼的莎士比亞

一直要等到一五九四年，莎士比亞才重新回到歷史資料的軌跡上頭。當時他來到「環球劇場」，加入了「宮內大臣劇團」（宮內大臣是當時掌管戲劇演出的官員）。莎士比亞偶爾會在舞台上演出，不過他主要的工作都是在撰寫劇本、管理劇團的財務，因為他自己也是劇團的股東之一。當時他的財務狀況蒸蒸日上，還在斯特拉特福買下一棟美輪美奐的豪宅「新宮」，並且帶著家人入住，甚至還讓父親獲封貴族頭銜。

儘管如此，莎士比亞也不免遭遇一些困境。由於瘟疫大爆發，劇場被迫關閉了一段時間。此外，莎士比亞也曾稍微冒犯了女王，因為他應埃塞克斯伯爵的邀請，演出了《理查二世》，但是這部劇作其實隱藏著煽動眾人叛亂、造反的意涵。

一六〇三年，伊莉莎白女王過世後，繼位者詹姆士一世大力支持「宮內大臣劇團」，並將團名改成了「國王劇團」。莎士比亞於是在環球劇場長久待了下來，而環球劇場也永遠和世人對莎士比亞的形象連結在一起。

退休後的莎士比亞

　　一六一一年，莎士比亞離開了戲劇舞台回到斯特拉特福，開始處理一些土地相關的法律糾紛，而後逝世於一六一六年的四月二十三日（應該是生了一場重病）。莎士比亞的遺體葬在斯特拉特福的聖三一教堂裡，如果仔細看會發現，他的墓碑上寫了一段詛咒，威脅膽敢亂動他墓地的人……

莎士比亞的墓碑上，寫了什麼？

Good friend for Jesus' sake forbear,
To dig the dust enclosed here.
Blessed be the man that spares these stones,
And cursed be he that moves my bones.
　　　　　　　　　— William Shakespeare

朋友，看在耶穌的份上，
請勿挖掘此處的墓葬。
容得此碑者，受到祝福，
移我骸骨者，遭到詛咒。
　　　　　　　　　— 威廉・莎士比亞

世人怎麼看莎士比亞？

莎士比亞其實是伊莉莎白女王？牛津伯爵？

他從沒上過大學？

還是，他其實不存在，只是一群人共用的一個筆名？

從年少時代開始，莎士比亞的生世就有些撲朔迷離，而他前往倫敦的時間點更是充滿了各種理論假設。這段期間他到底做了什麼？莎士比亞會不會其實另有其人呢？以下是各種不同的猜測，這些猜測本身同樣也很稀奇古怪就是了……

有人說莎士比亞
其實是
法蘭西斯‧培根…

但他們其實是
同一個時期的文人。

或者其實是
伊莉莎白女王一世…

當時禁止女性登台演出，
所以唯有透過這種方式，
女王才可以過過戲癮。

或者甚至是
詹姆士一世…

為了逃避現實生活中的
國王責任？

或者還有可能是
牛津伯爵…

就連弗洛依德都思考過
這個可能性。

有可能是一群人…

這群人用莎士比亞
作為筆名。

有可能是義大利人…

或者是法國人、
德國人……

可能是猶太人…

或者是
反猶太份子。

可能是同性戀…

線索來自於他的
第二十號十四行詩。

可能是天主教的
忠實擁護者…

拒絕改信英國公教。

他可能一手
創立了共濟會…

他的某幾部劇作中
有些線索可以證明這一點。

也許從來沒有
念過大學…

所以是與生俱來的
天才囉？

據說之所以愛上劇場
是因為早年幫劇場觀眾
看管馬匹…

原來是泊車小弟的始祖！

據說會抽大麻
和古柯鹼…

嗯，非常有可能。

據說死因是：
在和劇作家班‧強生
喝得爛醉之後
不小心著涼感冒…

其實真正的原因
應該是生了一場重病。

據說他的原始手稿
就藏在墓碑底下…

目前還沒有人打開過。
（有人敢嗎？）

伊莉莎白時代的劇場

伊莉莎白劇場的起源？當時人們對劇場的接受度？
劇場裡有哪些必備元素？當時熱門的題材有哪些？

伊莉莎白劇場的誕生

歷史脈絡

就像之前所讀到的一樣，伊莉莎白劇場誕生於一段黑暗時期，那期間充斥著許多的內戰和屠殺（拜玫瑰戰爭與宗教內戰之賜）。那段時期的人民生活悲慘、艱苦，可怕的場景在街頭每一個角落隨處可見。伊莉莎白劇場集結了這些殘酷的主題，因為這些主題讓觀眾非常有共鳴，所以十分受到人們的喜愛。對觀眾來說，有些主題還很有療癒的效果！

演員在當時的地位好比流浪漢？

可別以為演員在當時是受到敬重的行業，事實正好相反！演員被視為流浪者，因此時常遭受鞭打與烙印，只有受到貴族支持的演員才能在劇場裡演出⋯⋯，不過劇場都位於城門附近，往往與妓院為鄰。

劇場的興盛

由於伊莉莎白女王一世對戲劇充滿了熱忱和興趣，因此流浪巡演的劇團從此不再是主流。在倫敦，劇場開始如雨後春筍般冒出頭來，其中的第一座建立於一五七六年。後來這座劇場搬到了泰晤士河南畔，成為了廣為人知的環球劇場，

直到今天都還看得到（其實今天看到的是複製重建的樣貌，因為環球劇場曾經好幾次慘遭祝融之災）。在一五七七年到一六一三年間，另外有五座公眾劇場也陸續開張，每一座劇場都有自己的劇團。莎士比亞當時演出的環球劇場，就是隸屬於「宮內大臣劇團」。

伊莉莎白劇場的元素

場地

伊莉莎白時代的劇場長得像是一座競技場。中央的舞台被觀眾包圍，這些觀眾買的是比較不理想的站位（他們才付了一分錢而已，因此必須從頭到尾站著看戲）。接著是三層樓的觀眾席，這裡設置的是比較舒適的坐位。除了「黑衣修士」劇場擁有屋頂和吊燈之外，一般的演出都在白天進行，這樣才可以利用天然的日光照明。

演員也常常得在雨中演出（英國多雨的天氣使然），而且舞台佈景相當簡約：花錢做太好的佈景也沒有用，因為一下雨就毀了。不過就是如此簡約的佈景，反而才容易在場景之間更換，不需要等到一整幕結束後才能換景，故事情節的時空變換因此也可以更豐富。這點和法國的戲劇很不一樣，法國的舞台佈景十分飽滿，所以時空變換就沒有辦法這麼頻繁了。

特效

伊莉莎白時代劇場的舞台特效相當豐富，因為人們常使用舞台上的陷阱暗門，變化出各種不同的把戲。此外，劇團也常使用流血的羊胃，製造出血腥場景的效果。

演員

一直要等到一六六〇年，舞台上才允許第一位女演員的出現。在那之前，女性的角色通常都是由氣質比較纖柔的年輕男演員擔綱。也因為這樣，許多劇作家常常會刻意操作性別模糊的空間，大膽地在男人身上喬裝女性角色。此外，由於演員人數有限，劇團裡的成員常常必須一人分飾多角，因此整體演員與角色的對應又顯得更加錯綜複雜。

當時熱門的戲劇題材？

就像這個時代本身一樣，題材往往非常殘酷。除了犯罪的主題十分常見之外，懲罰的主題也很受到觀眾喜愛；報仇的情節也都有各種模式可循：報殺父之仇、報家族遭受羞辱之仇、為受到委屈的愛人復仇……。

除了家喻戶曉的悲劇之外，喜劇也逐漸興盛。這個時代的喜劇比法國喜劇要來得複雜，內容主要是刻畫社交生活中的種種危機，其中的角色也比較有深度，且角色會隨著他們所遭遇的各種事件持續發展。

劇場服裝與肢體語言隱藏的秘密

莎士比亞劇場裡的角色如何設定？
他們的服裝有什麼講究？
演員以什麼肢體語言表達內心戲？

服裝

　　如果說舞台佈景走的是極簡主義，那麼服裝用的可都是貨真價實的珠寶。製作劇服用的是高貴的布料、珍珠和絲綢，還把彩虹的繽紛通通搬上了舞台，讓演員變得格外亮眼醒目。不過，女角色可沒被比下去喔！金子、銀子和寶石讓她們高貴的服裝配件閃閃發亮。這些服裝可是花好大一筆錢製成的，所以也時常會租借給宮廷裡的人。

顏色

　　顏色在戲劇中的角色也很重要，每一種類型的角色都有自己專屬的色調。舉例來說，僕人永遠都是穿著藍色的上衣。

肢體語言

伊莉莎白時代的劇場拋棄了中古世紀的表演方式，不再以滑稽模仿、插科打諢為主軸。這個時期的另一個重點是，演員所詮釋的角色本身起了很大的改變，因為角色內心的聲音愈來愈重要了。

這時期的表演愈來愈走向內心戲，演員也必須讓觀眾感受到角色內在的衝突，看見角色理性與感性之間的天人交戰。於是，一系列宛如符碼的動作姿態順勢而生，這些動作稱為是肢體表意（或稱視覺表意）。肢體表意包含了六十個肢體動作，可以和演員的表演相輔相成，每一個肢體動作都有一套明確的規則，演員也必須完全遵循，完全沒有即興表演這回事喔！

演員的肢體密碼

演員要把自己的手和手指頭放對位置，因為只要有一點點的誤差，就會影響到觀眾對場景的理解。有一些人會有自己專屬的肢體密碼，比如說左手是邪惡的象徵等等。在法國的劇場裡，這種肢體語言的編排鮮少被使用，不過在其他文化裡卻可以常常看到，例如日本的歌舞伎就很喜歡這樣的肢體語言，或者像是印度的舞蹈，裡頭也充滿了各式各樣的手印。

以下舉幾個肢體動作的例子，以及這些動作所代表的象徵意涵。看這些肢體動作的時候非常有趣，因為即使過了四百年，這些動作還是能和我們對話。

思考

景仰

羞愧

謙遜

愛慕

失去耐性

宣誓效忠

懲罰

保祐

推薦

信任

熱情引領

Historical Plays

歴史劇

Richard III

《理查三世》

寫作年份：1592年左右　　故事地點：英格蘭

完整劇名：《理查三世的生平》
The Life and Death of Richard 3rd

劇本靈感來源

　　湯瑪斯・摩爾（Thomas More）是一位人文主義者和歷史學家，同時也是亨利八世國王的策士，他還曾撰寫過理查三世的生平。莎士比亞大概就是讀了摩爾的作品，才發想出這部劇本的靈感。畢竟，理查三世的所有罪行，以及他真實、自然的邪惡感，無疑都具備了成為第一主角的條件，也足以讓人恨得牙癢癢！還有別忘了：他是約克王朝的最後一位國王，之後就進入了都鐸王朝，迎接廣受愛戴的伊莉莎白女王一世了。因此，當時這齣戲會風靡一時，實在一點也不令人意外。

故事情節

　　《理查三世》描述了知名的玫瑰戰爭，戲劇開場時，時空設定於愛德華四世的在位期間，他從前任國王亨利六世手中奪取了王位。理查三世是愛德華的弟弟，但是排在繼承順位的後頭，因此登基的機會渺茫，而且他其貌不揚，還是

個駝子。儘管如此，理查的野心還是很大，他想得到哥哥的王位，還已經準備好做出所有必要的犧牲。面對反抗者，他殺人完全不眨眼，尤其對他的家族成員更是如此（因為這些家族成員有可能把他的王位搶奪回去）。他用華美的詞藻將對手耍得團團轉，而一旦發現對方不再有任何利用價值，他就立刻棄之不顧。

如此的殘暴勢必要遭受懲罰，而這也是為什麼《理查三世》是一部如此傑出的悲劇。就像下棋一樣，他所犯下的罪雖然只是緩緩引領著他，然而最終卻注定是走投無路、全盤皆輸！

劇本結構

《理查三世》是四部曲中的最後一部，且是莎士比亞第二長的劇本，長度僅次於《哈姆雷特》。

英格蘭歷史上，哪個國王是駝子？	英格蘭史上最討人厭的國王？
二〇一二年，理查三世國王的骨骸出土後，人們看到了一副側彎的脊柱，這證明了他真的是個駝子。	在這部劇本中，莎士比亞誇張地描繪出理查三世的身形，以及他殘暴的性格，使得理查三世成為英格蘭史上最令人厭惡的國王！

角色關係圖

想要娶安妮

討厭理查
認為他正是自己
守寡的原因

安妮夫人
威爾斯王子愛德華的寡妻
來自蘭開斯特家族

理查三世
格洛斯特公爵

彼此是兄弟

喬治
克萊倫斯公爵

希望自己的家族
能夠登上王位

亨利
里奇蒙伯爵
來自都鐸家族

支持理查的
陰謀詭計

白金漢公爵

約克的伊莉莎白

喬治的女兒

病得奄奄一息……

愛德華四世國王

來自約克家族

伊莉莎白皇后

愛德華四世的妻子

愛德華與菲利浦

愛德華四世的幼子

劇情

1 理查開始設計圈套

理查慫恿國王愛德華四世提防他們的兄弟喬治。喬治很快就被送進地牢

接著，理查公開指控伊莉莎白皇后意圖陷他於不義……

然後說服安妮夫人接受他的表白，與他結婚

2 理查砍下了許多人的頭……

 國王愛德華四世病逝之後……

理查的同夥解決了喬治

理查指控伊莉莎白皇后的親信意圖謀反，於是將他們送上斷頭台

接著，他假裝為了小愛德華好，將他送進倫敦塔裡頭！

3 在迎娶安妮之後，理查也得到了王位

理查派白金漢公爵貶低
愛德華四世和他兒子們
的出生

貴族們紛紛中計，封理
查為王

安妮這才明白，自己不
小心嫁給了一位壞男人

4 理查為自己確保後路

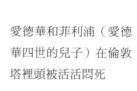

愛德華和菲利浦（愛德
華四世的兒子）在倫敦
塔裡頭被活活悶死

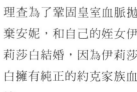

理查要白金漢殺害兩位
年輕的王子，但是他拒
絕，後來白金漢自己慘
遭毒手

理查為了鞏固皇室血脈拋
棄安妮，和自己的姪女伊
莉莎白結婚，因為伊莉莎
白擁有純正的約克家族血
統

⑤ 亨利率領軍隊，準備奪取王位

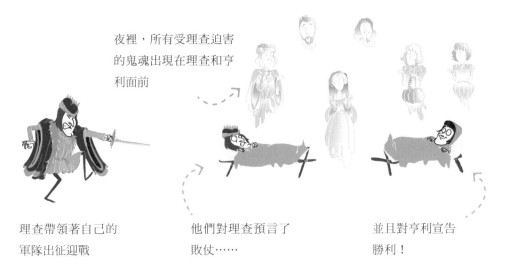

夜裡，所有受理查迫害的鬼魂出現在理查和亨利面前

理查帶領著自己的軍隊出征迎戰

他們對理查預言了敗仗⋯⋯

並且對亨利宣告勝利！

⑥ 戰爭在博斯沃思開打⋯⋯

最後的掙扎無效：理查被亨利解決，而亨利登上了王位，並娶了約克的伊莉莎白為妻

理查知道自己所犯下的罪行，也明白自己的命運，於是他跳上馬匹，毅然決然投奔戰場⋯⋯

A horse! A horse!
My kingdom for a horse!

我用我的王位交換一匹馬！

《理查三世》
Richard III

Richard II

《理查二世》

 寫作年份：1595年左右　　 故事地點：英格蘭、威爾斯

　　完整劇名：《理查國王二世的生平》
The Life and Death of King Richard 2nd

劇本靈感來源

　　這齣劇本源自於真實的歷史事件，裡頭相互對立的皇室表親不僅同年出生，從小還一起長大。但是，政治權力卻一點一滴改變了兩個人。他們後來一位成為英格蘭國王，另一位則成了蘭開斯特公爵。

故事情節

　　在故事的開始，波林伯洛克失去了父親，同時還被剝奪財產、遭遇流放。面對這些不公平的對待，波林伯洛克決定起而對抗理查二世（理查二世是當時的國王，還是一名暴君）。對波林伯洛克來說，正義的伸張是再合理不過的事了，更何況他的言行舉止廣受尊敬，不管對誰都是以禮相待。

　　在第二個時空裡，波林伯洛克發起了一場戰爭，在此戰爭中，觀眾看到兩位主角的此消彼長。理查二世的人馬遭到斬首，土地也被奪走，於是他必須承受屈

辱、交出權力。之後他還失去妻子，最終喪失性命，成為莎士比亞筆下最具有代表性的悲劇人物之一。

《理查二世》描述著金雀花王朝最後一位代表人物的殞落，以及蘭開斯特王朝的到來。在這個故事中，所有的表親都是同一位國王愛德華三世的後裔。儘管如此，他們在三部劇本中彼此較勁、鬥爭，讓觀眾看得目不轉睛。

在這幾部作品中，雖然故事的結局並未交代，但是所有人都很清楚歷史後來的發展：儘管都鐸家族是最後的一脈，但卻也是最強大的家族，最後也正是由都鐸家族取得了王位。

劇本結構

《理查二世》是整齣四部曲中的第一部曲，其他的三部曲依序為《亨利四世第一部》、《亨利四世第二部》以及《亨利五世》。

女王曾下令禁演哪一個場景？	瘟疫與劇本抒情風格的關聯
伊莉莎白女王一世擔心《理查二世》可能會煽動反叛人士，因此禁演並廢除理查二世王位的場景。	這部劇本的抒情風格源自於當時的瘟疫：由於傳染病的關係，當時劇場關閉了兩年，於是莎士比亞只好將注意力轉移到文學、抒情上。

角色關係圖

約翰・岡特

蘭開斯特公爵
理查二世的叔叔

亨利・波林伯洛克

岡特的兒子

彼此是兄弟

愛德蒙・蘭里

約克公爵
理查二世的叔叔

奧墨爾公爵

蘭里的兒子

湯瑪斯・莫布雷

諾福克公爵

和莫布雷起了
衝突

彼此是表親
也是競爭對手

為了捍衛
理查二世的王位
願意殺人

花錢無度

理查二世

英格蘭的國王

卡萊爾主教

理查二世的支持者

太在意波林伯洛克
說的話

彼此是表親
也是好友

皮爾斯・艾克斯頓爵士

波林伯洛克的支持者

劇情

1 理查想要中飽私囊

理查先假藉調解波林伯洛克和莫布雷之間的衝突，再將他們兩人流放外地

現在眼前沒了障礙，於是理查趁著叔叔岡特過世後奪取他的財富

---

2 岡特的兒子波林伯洛克要求理查奉還財產

由於蘭里旗下沒有士兵，因此他傾向保持中立，對波林伯洛克敞開大門

財庫充實的理查出征前往愛爾蘭，將宮廷交由叔叔蘭里攝政

波林伯洛克對於皇室的作為感到憤怒，於是率領了一支軍隊回來

3　理查被逼到了牆角

他們兩個人肩並
著肩回到倫敦

理查從愛爾蘭回來後，發現
他的親信被砍了頭、軍隊逃
跑了，而他的土地也被波林
伯洛克佔領

他別無選擇，只好將之前竊取
的財產還給波林伯洛克

4　波林伯洛克繼承了王位

為了展現悔意，
理查在退位演說
中，細數自己的
所有罪行

理查輸得甘願，將王位交給波林伯
洛克，波林伯洛克成為亨利四世

理查被關進倫敦塔，而他的妻子則
被送往法國的一間修道院

5 但是，並非所有人都接納了新國王……

奧墨爾跳上馬匹，希望能趕在父親見到波林伯洛克前，先跟他道歉

查理二世的支持者卡萊爾主教與奧墨爾公爵計畫要共同殺害波林伯洛克

蘭里在一封信中發現了這項陰謀，決定告發兒子

6 亨利四世終於掃除了心頭大患

波林伯洛克暗示，希望理查二世受死。艾克斯頓一馬當先，帶回了一只棺材，裡頭裝著理查二世的遺體

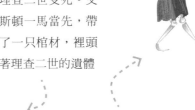

波林伯洛克原諒了他的姪子，其他的叛徒則受到應有的懲罰

波林伯洛克假裝自己並不贊同艾克斯頓的行為，接著動身前往耶路撒冷，希望能洗清自己的罪行……

I wasted time,and now doth time waste me.

從前我虛度了光陰，
而如今，虛度的光陰正將我毀滅。

《理查二世》
Richard II

Henry IV

《亨利四世》

 寫作年份：1598年左右　　 故事地點：英格蘭

" 完整劇名：《亨利國王四世：第一和第二部分》
The First and Second Part of King Henry 4th

劇本靈感來源

　　為了撰寫這幾齣劇本，莎士比亞從《亨利五世的著名勝利戰役：包括光榮的阿金庫爾戰役》（The Famous Victories of Henry the Fifth: Containing the Honourable Battle of Agincourt）一書中尋求靈感，而這本編年史的作者，正是英格蘭的歷史學家拉斐爾・霍林斯赫德（Raphael Holinshed）。

　　如果你想深入瞭解當時的歷史文化，霍林斯赫德的文字紀錄絕對值得參考。因為莎翁不僅重現了編年史家筆下的奇聞軼談，甚至還調動了一些歷史上的事件順序，讓劇本更有看頭。

故事情節

　　就像莎士比亞的許多作品一樣，《亨利四世》這齣劇本也是建立在二元對立的基礎之上。在第一部分裡，兩個角色的一切都恰恰相反：霍茲伯（名字原文

Hotspur，字面意思是「火熱的馬刺」）帶著勇氣、熱情與正義感反抗亨利四世；另一方面，亨利四世天真的兒子，威爾斯王子哈爾卻不顧自己的皇室責任，整天喝酒鬼混，身旁還總有法斯塔夫為伍。法斯塔夫是憑空創造出來的角色，觀眾非常喜歡他——他是個粗鄙、懦弱的酒鬼，還帶有一種挖苦式的幽默。最後，法斯塔夫也成了莎翁筆下最知名的角色之一。

　　此劇的第二部分，法斯塔夫的胡鬧與亨利四世的煎熬有個對比：法斯塔夫率領軍隊、披掛上陣，而亨利四世知道自己的來日不多，在等待死亡之際，內心充滿了平靜的反思。他心中放不下的，相信也是每一位國王在生命的終點念念不忘的擔憂：這孩子到底有沒有能力繼承王位呢？

劇本結構

　　《亨利四世》是四部曲中的第二和第三部曲；四部曲另外還包括了《理查二世》與《亨利五世》。

大有學問的角色命名

　　法斯塔夫本來應該叫作奧德卡索（奧德卡索這個人因為信奉異教邪說而被處以火刑）。不過，奧德卡索的家人反對劇本使用這個名字。

為什麼莎士比亞要重新設定角色年齡差？

　　二十三這個數字是霍茲伯和哈爾之間的實際年齡差距。但是為了突顯兩個人的對抗，莎士比亞在劇中將他們設定為相同年紀。

角色關係圖

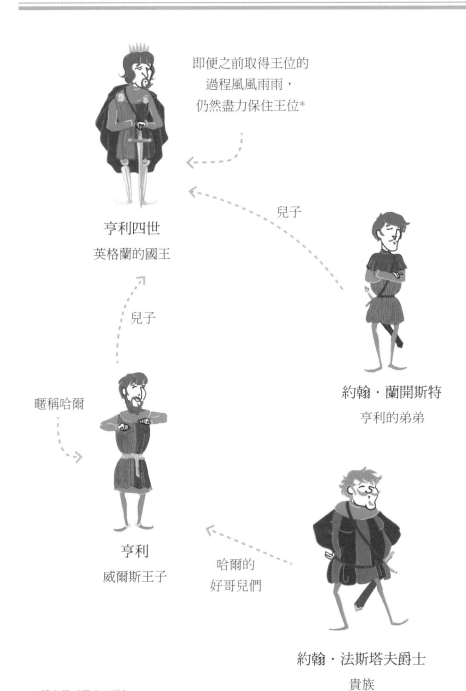

即便之前取得王位的
過程風風雨雨，
仍然盡力保住王位*

兒子

亨利四世

英格蘭的國王

約翰・蘭開斯特

亨利的弟弟

兒子

暱稱哈爾

亨利

威爾斯王子

哈爾的
好哥兒們

約翰・法斯塔夫爵士

貴族

*請參見《理查二世》

湯馬斯・波爾西

華斯特伯爵

亨利・波爾西

諾森伯蘭伯爵

原本支持亨利四世
後來改變主意了

暱稱霍茲伯

亨利・波爾西

諾森伯蘭伯爵的兒子

與亨利四世為敵，因
為亨利四世殺了他的
哥哥威廉（理查二世
的財庫大臣）

理查・斯克魯普

約克大主教

劇情 Part1

1 亨利四世遭受蘇格蘭和威爾斯的威脅

更令他羞愧的是，兒子哈爾一天到晚上酒吧……

…除此之外，當時還有內戰的問題。因此，他打消了前往耶路撒冷的念頭

身邊還圍繞著一群不正經的酒鬼，例如法斯塔夫

不過，哈爾的本性其實是個善良正面的年輕人！

2 亨利四世責備霍茲伯，認為他不該放走蘇格蘭主將的兒子

不過，國王斷然拒絕！

華斯特伯爵邀請霍茲伯加入反叛國王的行列

霍茲伯懇求亨利四世支付贖金給威爾斯，解救他的表哥

霍茲伯非常憤怒，認為亨利四世忘恩負義，已經不記得他們家族曾經協助亨利四世取得王位的恩情

3 雙方陣營開始召集各自的軍隊

亨利四世這才放心，於是給了哈爾一支軍隊

華斯特與國王所有的敵人結盟：包括了蘇格蘭、威爾斯，甚至還包括理查·斯克魯普大主教

亨利四世要求兒子哈爾出兵援助。哈爾發誓保證，自己寧死也不願戰敗沙場

4 不過，情況愈來愈複雜了……

但無所謂啦，霍茲伯就是想要打一場啊！

這讓哈爾相當沮喪

諾森伯蘭生病退出戰局，而威爾斯的軍隊又來得太晚，趕不上最終的戰役

法斯塔夫被託付要徵召一支軍隊士兵，但是裡頭的人和他一樣，都是些懦弱又陳腐的酒鬼……

5 亨利四世嘗試避免戰爭的開打

他向華斯特伯
爵建議，雙方
可以尋求共識

不過法斯塔夫拒
絕了，因此這位
年輕的王子又再
次對法斯塔夫感
到失望

華斯特在向霍茲伯轉告時，扭
曲了國王的原意，霍茲伯於是
堅持一戰

哈爾在戰場上一度手無寸
鐵，於是要求法斯塔夫把
劍借給他

6 最後，哈爾終於贏得父親對他的敬重

之前裝死倒在一旁
的法斯塔夫趁機起
身在霍茲伯腿上又
插上一刀，佯裝自
己是解決了霍茲伯
的英雄

亨利四世贏得了戰
爭的勝利，然而戰
爭還沒有結束……

在戰場上，哈爾擊敗並
重傷了霍茲伯，並在他
死後說完悼詞離去

If all the year were playing holidays;
To sport would be as tedious as to work.

如果一年到頭如同假日，
那休閒就會如同工作一般乏味。

《亨利四世》
Henry IV

劇情 Part2

 亨利四世依然被戰爭的威脅壓得喘不過氣

他必須分散軍隊到各處，
才有辦法平息不同地區的
衝突

大主教斯克魯普和諾森伯
蘭也趁機結盟作亂……

法斯塔夫則繼續假裝自
己是戰爭英雄

---

② 哈爾為父親感到擔憂

他對自己從前只會吃喝玩樂的
日子感到懊悔，而且他再也受
不了法斯塔夫的輕浮與虛偽了

而在出兵前夕，諾森伯蘭竟丟
下斯克魯普，打算改與蘇格蘭
結盟

③ 亨利四世病得無法成眠……

他厭倦了王位的鬥爭

他也毫不避諱地從不願從軍的人手中，收取賄賂

另一方面，由於威爾斯的領袖死亡了，亨利四世終於能擺平威爾斯的戰亂，並且集中軍力對抗斯克魯普的反叛軍

法斯塔夫奉命在各地徵召男丁，充實英格蘭軍隊

④ 哈爾的弟弟約翰加入戰局

但斯克魯普的軍隊一撤離，約翰卻立刻以叛國罪名將他逮捕並處決

他向斯克魯普求和，斯克魯普也很快接受，並提議雙方都把軍隊撤回

衝突化解之後，法斯塔夫向約翰吹噓自己（根本不存在）的功勞，約翰完全不相信他

⑤ 亨利四世病得愈來愈嚴重

雖然他得知斯克魯普的下場、蘇格蘭的戰敗以及諾森伯蘭的死亡…

但這些仍然無法讓他平靜下來。他知道自己的來日不多，只想要躺下來休息……

當哈爾前來探視父親的狀況時，他順手拿起父親的皇冠試戴

亨利四世看到這個舉動，勃然大怒，訓斥了兒子一番

⑥ 亨利四世不久還是離開了人世

哈爾登基，成為了亨利五世

法斯塔夫原本以為可以藉機分得一杯羹……

沒想到亨利五世不理睬他。更糟的是，法斯塔夫還被關進地牢一段時間，並且被要求再也別出現在亨利五世面前

另一方面，約翰已經開始思考下一步：進攻法國……

58

Uneasy lies the head that wears a crown.

帶著皇冠的人永無歇息的寧日。

《亨利四世》
Henry IV

Henry V

《亨利五世》

 寫作年份：1599年左右　　　　📍 故事地點：英格蘭、法國

 完整劇名：《亨利五世的編年史》
The Chronicle History of Henry 5th

劇本靈感來源

　　為了要喚起民眾的愛國情操，這齣劇本很有可能在當時扮演了政治宣傳的角色。因為當莎士比亞搬演這部作品時，埃塞克斯伯爵正奉伊莉莎白女王一世的命令，出征平定愛爾蘭的叛亂。

　　和法國戲劇不同的是，歷史在此扮演了至關重要的角色，而且還不單只是點綴的裝飾而已。觀眾能藉此親近歷史上真實存在的人物，像是法國和英格蘭的國王、國王的家族，以及圍繞他們的王公貴族等。

故事情節

　　《亨利五世》的故事時間點，大約是在著名的阿金庫爾戰役前後（這場戰役發生在一四一五年的十月二十五日，是英格蘭最重大的幾場大勝利之一）。劇本講述了這位國王的生平：亨利五世一改年少王子時代的荒唐，成為了一位勤

奮、勇敢、富有正義感的國王。他的酒肉朋友們完全是虛構出來的人物，因而也為此劇增添了喜劇色彩。

　　這些名符其實的丑角（例如弗魯艾林，他號稱自己是戰爭軍事專家）大大娛樂了觀眾，而觀眾也很高興能一次又一次在不同的劇本中，與這些丑角重逢。多虧了這些虛構的角色，莎翁的這部作品又再一次發揮了社會嘲諷的效果。

劇本結構

　　《亨利五世》是四部曲中的最後一部作品，四部曲另外還包括了《理查二世》、《亨利四世 第一部》以及《亨利四世 第二部》。和另外三部作品一樣，《亨利五世》也是一部歷史紀事，在當時，這樣的主題相當受歡迎。

引言人在舞台上的職責？

　　壯闊的戰爭場景不可能完全搬到舞台上如實演出，因此這齣戲特別安排了引言者（說書人），用精彩的描述，帶領觀眾想像如在眼前的戰鬥情景。

哪齣劇本有名到吸引不肖業者的盜刷？

　　當時這部劇本已經有印刷本了，而打從一六〇〇年開始，就有盜版的劇本在黑市販售。

角色關係圖

宣稱擁有
法國的王位

查理六世

法國國王

亨利五世

英格蘭國王

為了安撫亨利五世
一開始提議給他公爵
領地，並同意將女兒
凱薩琳嫁給他

想要與亨利
五世一戰

凱薩琳

查理六世的女兒

勒道芬

查理六世的兒子

亨利五世年少時期
的酒肉朋友*

畢斯托爾

掠奪者

為英格蘭軍隊效力

巴道夫

掠奪者

為英格蘭軍隊效力

弗魯艾林

英格蘭軍隊的軍官

口音很重的威爾斯人

艾麗絲

凱薩琳的侍女

說起英文來像是西班牙人一樣

*請參見《亨利四世》

劇情

1 亨利五世認為法國的王位應該歸屬於他

亨利五世的大主
教向他保證，薩
利克法典*根本
沒有約束力……

而且他的法國血統，讓他享
有法國王位的第一繼承權

於是，他主張王位應
該歸他所有，否則就
要不惜一戰

*薩利克法典是一部刑法法典和程序法典，其中
　詳細規定了各種違法、犯罪應負擔的賠償金

2 亨利五世準備進攻法國

首先，他除掉
三名被法國人
收買的間諜

他從前的酒肉朋友
也加入了軍隊……

同時正為剛過世
不久的法斯塔夫
哀悼*

*請參見《亨利四世》

64

3　英格蘭軍隊向法國挺進

在奪下法國城鎮哈弗勒爾的戰役中，英格蘭軍官弗魯艾林看到了旗下部隊的英勇表現

在法國的皇宮裡，查理六世的女兒凱薩琳正在和侍女艾麗絲一起學英文

哈弗勒爾投降之後，亨利五世打算一路進攻到法國加萊

查理六世的兒子勒道芬嘲笑著英格蘭軍隊，他在想到時候一定要好好鞭打他們一頓

4　最終戰役即將到來，亨利五世喬裝探視旗下的士兵

偏離正道之徒都受到了懲罰，就拿巴道夫來說吧，他趁機搶劫了一間教堂

亨利五世喬裝混入自己的軍隊中，傾聽士兵們的擔憂。有些人很懷疑下一場仗是否真的能夠獲勝

⑤　亨利五世準備征服法國

亨利五世相信上天一定會幫助英軍，因此他在著名的聖克雷潘演講中，鼓舞了英軍的士氣

法軍對英軍的人數是五比一，因此法軍老神在在，認為自己一定可以擊敗英軍、輕鬆得勝

他做得很對：最終英格蘭軍隊獲勝。其中法軍在偷　襲時連年幼的皇室童僕也加以殺害，更換來了亨利五世的報復

⑥　最後，法國投降了！

亨利五世贏得江山也贏了美人，大獲全勝了！

亨利五世與查理六世簽署了著名的特魯瓦條約*

亨利五世向凱薩琳求愛，而凱薩琳也同意嫁給他

*《特魯瓦條約》規定，法國國王查理六世必須承認英格蘭國王亨利五世為其繼承人及攝政

Men of few words are the best men.
寡言者往往最是勇敢。

《亨利五世》
Henry V

Tragedies

悲劇

Romeo and Juliet

《羅密歐與茱麗葉》

 寫作年份：1595年　　　　故事地點：義大利的維洛那與曼托瓦

完整劇名：《羅密歐與茱麗葉最精采、最令人惋惜的悲劇》
The Most Excellent and Lamentable Tragedy of Romeo and Juliet

劇本靈感來源

　　以悲劇收場的年輕愛戀，其實並不是什麼新穎的主題。羅馬詩人奧維德（Ovid）在《皮拉穆與席孜碧》（Pyramus and Thisbe）的故事中，就處理過這樣的題材，而且時間還是早在西元第一世紀呢！莎士比亞的靈感其實也是源自於其他詩作——亞瑟‧布魯克（Arthur Brooke）於一五六二年所寫的《羅密歐與茱麗葉的悲劇故事》（The Tragical History of Romeus and Juliet），而亞瑟‧布魯克的點子大概也是從別的地方搜集來的。

故事情節

　　莎士比亞和其他作家的一大不同，就是他為這齣劇本所帶來的「輕筆觸」。和莎翁多數作品不一樣的是，《羅密歐與茱麗葉》的故事框架非常單純，沒有任何情節發展干擾故事主線。讀者可以全神貫注，和兩位年輕的戀人以同等速

度感受愛情的滋長。在這裡，「速度」是關鍵字，因為莎士比亞把時間壓縮到了極致：在短短三天之內，羅密歐與茱麗葉就從相遇到分別殉情而死。如此短暫的時間正好象徵了年輕的愛戀，也讓觀眾隨著劇情起伏而緊張萬分。

莎士比亞另一個強項，就是添加了許多喜劇元素，例如奶媽的角色。奶媽有許多的情節發展（但也不至於戲謔不得體）都和茱麗葉息息相關。這位奶媽有點類似莎翁筆下的其他角色，例如著名的法斯塔夫爵士（伊莉莎白女王一世非常喜歡法斯塔夫的角色）。

給大家一個建議：拿起各位的劍，穿上各位的斗篷吧！在接下來的幾頁裡，義大利維洛那的街頭可不平靜喔！

有名到推出歌劇版本的劇本？

一共有二十四部歌劇皆以《羅密歐與茱麗葉》這齣劇作為靈感！

哪個場景有名到成為旅遊聖地？

長久以來，有一棟十二世紀、隸屬於卡佩羅（Dal Capello）家族的房子一直被稱作是茱麗葉之家。到了一九三六年，房子還加蓋了一座陽台。直到今天，茱麗葉之家仍然開放給眾多遊客參觀造訪。

角色關係圖

勞倫斯神父

羅密歐的告解對象

奶媽

茱麗葉的貼身僕人

原本應該要相互仇恨
的兩個人⋯⋯

支持羅密歐，有時甚
至會因此耍點小技倆

對茱麗葉寵愛有加
因此選擇幫助她

羅密歐

維洛那的年輕貴族

茱麗葉

維洛那的年輕貴族

羅密歐最要好的
哥兒們

莫枯修

埃斯卡勒斯的親戚

埃斯卡勒斯

維洛那王子

受夠了兩個家族之間
的爭執鬥毆

蒙特鳩夫人

羅密歐的母親

蒙特鳩

羅密歐的父親

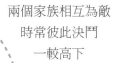

兩個家族相互為敵
時常彼此決鬥
一較高下

卡普萊特夫人

茱麗葉的母親

卡普萊特

茱麗葉的父親

追求茱麗葉
想和她結婚

帕里斯

年輕爵士

提伯特

茱麗葉的表親

好鬥成性
永遠都在找架打

劇情

1 義大利維洛納飽受血腥鬥毆之苦，街頭永無寧日

由於彼此仇恨著對方，蒙特鳩家族、卡普萊特家族與各自的支持者又在維洛納街頭廝殺打鬥起來

王子埃斯卡勒斯調解成功，他告誡雙方千萬不可以再有下一次，否則鬥毆只會愈來愈血腥

---

2 羅密歐在化妝舞會上與茱麗葉邂逅

羅密歐愛慕著羅瑟琳，但是羅瑟琳拒絕了他，因此羅密歐獨自憔悴、鬱鬱寡歡

卡普萊特家族正在舉辦化妝舞會，好友莫枯修建議羅密歐好好去玩樂一下

在不曉得彼此身分的情況下，羅密歐與茱麗葉在化妝舞會上相遇，並且陷入瘋狂熱戀

3 羅密歐與茱麗葉無視他們家族之間的衝突

在勞倫斯神父和奶媽的協助之下，兩人在隔天祕密結婚

夜幕低垂，羅密歐在茱麗葉的陽台上與她重逢，兩人彼此傾訴愛慕之情

4 羅密歐難以將兩個家族間的和平建立起來

羅密歐結婚之後已經與提伯特結為聯姻，因此拒絕與提伯特決鬥

羅密歐一氣之下向提伯特提出挑戰，並殺了他

羅密歐的好友莫枯修代替羅密歐出馬，結果慘遭殺害

於是王子埃斯卡勒斯決定將羅密歐放逐荒野

5 茱麗葉被迫嫁給帕里斯爵士，於是向勞倫斯神父求助

神父給了茱麗葉一
劑藥水，讓她可以
在接下來的二十四
小時裡佯裝死亡

神父預料，茱麗葉的家
人會將她放進墳墓，這
時候羅密歐就可以來找
她了

茱麗葉毫不猶豫
喝下了藥水，而
她家人的反應也
和神父所預料的
一樣

6 沒想到，勞倫斯神父的計畫失算了⋯⋯

羅密歐等不到勞倫斯神父的
信，於是決定回到維洛納，
途中還殺了帕里斯（追求茱
麗葉的年輕爵士）

羅密歐以為茱麗葉已
死，於是一口喝乾毒
藥自盡

茱麗葉醒過來之後
發現羅密歐已死，
於是自裁殉情⋯⋯

經歷了這起令人心碎的事
件之後，蒙特鳩和卡普萊
特家族終於決定從此握手
言和

I must be gone and live,or stay and die.

我應該是要離開、活下來，
還是留在這裡而死去？

《羅密歐與茱麗葉》
Romeo and Juliet

Hamlet

《哈姆雷特》

 寫作年份：1600年左右　　故事地點：丹麥的赫爾辛格托瓦

完整劇名：《丹麥王子哈姆雷特的悲劇故事》
The Tragical History of Hamlet, Prince of Denmark

劇本靈感來源

《哈姆雷特》的由來，應該是源自一部丹麥古老的編年史，同時也是莎士比亞靈感的起點。莎翁讓這位維京勇者為父報仇的形象重現天日，並且將他塑造成一位心思敏感的角色，內心總是被焦慮和不安所吞噬。

故事情節

這齣劇作最與眾不同的地方，在於閱讀過程中的雙重層次。第一個層次是一系列的故事情節發展，其中包含了各種角色類型。丹麥國王克勞地是個狡詐的背叛者（但是心思敏銳），他殺害了自己的哥哥，不僅為了篡奪王位，也為了贏得貌美的皇后葛楚德（嫂嫂）。

故事裡的丑角波隆尼爾（御前大臣），則用他的誇張與無知娛樂眾人，並希望將女兒歐菲莉亞嫁給哈姆雷特，好提升自己的地位。另一方面，身為劇中受

害者角色的歐菲莉亞，則承受了許多委屈卻從未反擊，最後終於喪失理智。 這些情節的進展，一次又一次被第二個閱讀層次所打斷——哈姆雷特陷入自己的內心世界，開始思考著生命、死亡、自己的傲慢與懦弱，以及自我了斷的可能性——因而誕生了著名的辯論《生存還是毀滅》（To Be or Not to Be）。這些思考，在哈姆雷特的七段獨白中都有完整的陳述，不僅相當吸引當年的觀眾，也依舊讓今天的觀眾深深著迷。

　　如果你決定要踏上這趟冒險旅程，提醒你一件事情：丹麥王國裡開始傳出一陣陣腐敗的氣息了！

哪一齣劇本有兩個版本？

　　在莎士比亞的有生之年裡，《哈姆雷特》一共有兩個版本出版。

哪個劇迷熱愛戲劇，愛到死後捐骷髏？

　　安德烈・柴克夫斯基（André Tchaikowsky，並不是我們一般所熟悉的俄國作曲家彼得・柴可夫斯基）是一位波蘭鋼琴家，同時也是莎士比亞的頭號劇迷，因此他決定死後將自己的骷髏捐給了皇家莎士比亞劇團……二〇〇八年，在一系列《哈姆雷特》的演出中，使用的就是這一只骷髏。

角色關係圖

哈姆雷特

丹麥王子

搞曖昧

波隆尼爾

御前大臣

雷爾提

波隆尼爾的兒子

歐菲莉亞

波隆尼爾的女兒

對故事情節來說不那麼重要，但是在哈姆雷特充滿哲思的長篇獨白中，是相當關鍵的存在！

骷髏

哈姆雷特的弄臣

不信任哈姆雷特

原本關係是
小叔和嫂嫂
後來結了婚

克勞地

丹麥國王

想對丹麥宣戰，
收復給予哈姆雷特的土地，
後來打消了主意

葛楚德

丹麥皇后
哈姆雷特的母親

福丁布拉

挪威王子

兩位逢迎諂媚的大臣

他說自己是被蛇咬了
一口而死

哈姆雷特國王的鬼魂

哈姆雷特的父親

羅生克蘭和蓋登思鄧

朝臣

劇情

① 哈姆雷特無法忍受母親和叔叔結婚

哈姆雷特父親的鬼魂向他透露，自己是被弟弟克勞地所殺害的！

雖然最近才剛守寡，但是再婚對皇后葛楚德來說完全不是問題！

憤怒之下，哈姆雷特決定裝瘋賣傻，藉此悄悄展開調查行動

② 宮廷內部對於哈姆雷特的瘋癲感到懷疑，於是開始跟蹤、監視他

大臣波隆尼爾和國王克勞地認為，哈姆雷特之所以瘋癲，是因為他和歐菲莉亞之間存在著秘密戀情，於是開始偷偷觀察他們兩個人

哈姆雷特內心充滿懷疑和猜忌，於是繼續裝瘋賣傻的把戲，惹歐菲莉亞不開心……

但是他還是無法擺脫葛楚德派來的羅生克蘭和蓋登思鄧（朝臣）

3 哈姆雷特施展小技倆，讓叔叔克勞地嚇得措手不及，然後再對母親
　　說教

計畫成功，克勞地
在演出結束前就慌
張離開現場

哈姆雷特責備母親的
行為，接著意外錯殺
了躲在窗簾後面竊聽
的大臣波隆尼爾

哈姆雷特安排了一齣戲，
主題就是他父親的死。哈
姆雷特預料，克勞地的反
應將足以證明他的罪行

4　　歐菲莉亞陷入瘋癲，讓她的兄弟雷爾提氣急敗壞

波隆尼爾的死亡成為
壓垮歐菲莉亞的最後
一根稻草：歐菲莉亞
失去理智，發瘋了！

雷爾提認為，克勞地必須
為他父親的死負起責任，
因此籌畫了一場暴動

克勞地向他解釋，表示是
他搞錯了，哈姆雷特才是
罪魁禍首！讓他家裡發生
了這麼多的不幸，雷爾提
要殺的應該是哈姆雷特才
對，不是他！

5 哈姆雷特因歐菲莉亞的死而痛哭，而克勞地和雷爾提則在暗地裡密謀⋯⋯

哈姆雷特拿著弄臣的骷髏進行了獨白之後，才知道歐菲莉亞已經溺水身亡。他這才承認自己其實愛著歐菲莉亞

克勞地安排雷爾提與哈姆雷特一決高下。如果哈姆雷特贏了，克勞地就會向他敬一杯下毒的酒⋯⋯

同一時間，雷爾提在他的劍上塗了一層毒藥

6 所有的人都死傷慘重，最後挪威王子福丁布拉輕鬆地取得了王位

哈姆雷特的母親葛楚德不小心喝下了毒酒

哈姆雷特看清了圈套之後殺死克勞地⋯⋯

之後，哈姆雷特被雷爾提的劍刺穿而死，雷爾提自己也被毒劍刺傷身亡

丹麥的王室徹底毀滅了，福丁布拉則輕而易舉取得了王位⋯⋯

To be, or not to be, that is the question.

生存還是毀滅，
這是個值得思考的問題。

《哈姆雷特》
Hamlet

Othello

《奧賽羅》

 寫作年份：1604年　　 故事地點：威尼斯、賽普勒斯

完整劇名：《威尼斯摩爾人奧賽羅的悲劇》
The Tragedy of Othello, the Moor of Venice

劇本靈感來源

　　愛情使人盲目、嫉妒讓人瘋狂，但奧賽羅要在劇中付出慘痛的代價，才能學到這一課。為了撰寫這齣悲劇，莎士比亞從義大利小說《一位摩爾上尉》（A Moorish Captain）中獲得了靈感。這本小說由吉拉爾迪・欽齊奧（Giovanni Giraldi）撰寫，創作於一五六五年。在這部作品裡，欽齊奧所處理的主題如：種族歧視、戰爭以及婚姻暴力等，在當時就已經相當熱門，至今依舊歷久彌新。

故事情節

　　這齣劇本呈現了黑白之間的二元對立：身為黑人，奧賽羅的性格卻是單純如白雪的潔淨，因此才被伊亞哥百般愚弄；而伊亞哥雖然是個白人，內心卻十分黑暗。伊亞哥為人狡詐，善於使用精巧的語言，只要有背後捅人一刀的機會就毫不手軟，可說是惡人的典型。透過精心設計的話術與時機，伊亞哥將身邊的人耍得團團轉，甚至連觀眾也不例外！他有不少段只對台下觀眾說的悄悄話，有時他還會走到舞台前方，彷彿自己就是主角一樣。

奧賽羅和他則是完全相反的角色。奧賽羅是一位勇敢的英雄，也是誠實、正直的摩爾人。不過，隨著伊亞哥挑起的妒火逐漸在他心頭燃燒、將他吞噬，奧賽羅也變得愈來愈殘暴。

劇本結構

在這部作品裡，戲劇的張力同樣也被時間進一步強化，莎士比亞再一次將時間壓縮到了極致：在短短二十四小時之內，伊亞哥就達成了他的目的（也就是讓奧賽羅殞落）！

在此要提醒各位讀者一件事情：千萬別相信你的耳朵聽到的，更不要相信你的眼睛所看見的！

莎士比亞以「國王劇團」首次搬演給詹姆士一世看的戲劇？

《奧賽羅》是第一齣由莎士比亞和他的「國王劇團」，在詹姆士一世面前所演出的作品。

為什麼《奧賽羅》曾引發廣大爭議？

奧賽羅因其黝黑的膚色，時常引發爭議。一九三〇年，一位白人女演員和非裔演員保羅・羅伯遜（Paul Robenson）在台上接吻，因而引發了台下觀眾席的一陣騷動。

角色關係圖

原本是奴隸
後來贖回了
自由之身

兩人
祕密結婚

奧賽羅

威尼斯將軍

黛絲迪蒙娜

奧賽羅的妻子

很快就欣然接納了
奧賽羅

瘋狂愛上了
黛絲迪蒙娜

布拉班修

黛絲迪蒙娜的父親

洛特利哥

威尼斯紳士

任何女主人
遺留下的物品
都會交給伊亞哥

彼此是戀人

本性壞心邪惡……

愛米利雅

黛絲迪蒙娜的侍女

伊亞哥

奧賽羅的旗官

才剛被奧賽羅
晉升為中尉

蒙泰諾

賽普勒斯的總督

凱西奧

奧賽羅旗下的戰士

劇情

1 所有人都對奧賽羅懷有怨言……

伊亞哥氣奧賽羅沒有晉升他為中尉,因此誓言要他付出代價

洛特利哥答應幫助伊亞哥,希望能藉此贏回黛絲迪蒙娜

布拉班修不滿自己的女婿是摩爾人,因此他警告奧賽羅,女兒現在背叛了父親,未來可能也會背叛丈夫

不過,奧賽羅的婚姻得到了公爵的認可

---

2 伊亞哥展開報復,首先從奧賽羅旗下的人馬凱西奧下手

伊亞哥利用軍隊慶祝勝利的機會,先將凱西奧灌醉……

喝得爛醉的凱西奧打傷了蒙泰諾(賽普勒斯總督),於是慘遭降級……

奧賽羅被派往賽普勒斯,對抗鄂圖曼土耳其軍隊。黛絲迪蒙娜陪他一同前往

然後再派洛特利哥上前挑釁他

90

3 　伊亞哥開始挑起奧賽羅的妒火

天真的凱西奧不疑有他，跑去找黛絲迪蒙娜

黛絲迪蒙娜答應協助凱西奧，於是向奧賽羅說起凱西奧的好話

奧賽羅起了疑心，要求黛絲迪蒙娜拿出他之前送給她的手帕

他建議凱西奧請奧賽羅的妻子幫忙，讓他恢復原本的軍階

4 　侍女愛米利雅找到了黛絲迪蒙娜遺留的手帕，並將手帕交給伊亞哥

伊亞哥把手帕藏在凱西奧的物品之中，然後對奧賽羅說，他曾經在凱西奧的東西裡看過這條手帕。伊亞哥建議奧賽羅去找凱西奧聊聊，這樣才能藉此窺視凱西奧的舉動

凱西奧對伊亞哥說，他把手帕送給了他的愛人碧恩卡。但伊亞哥扭曲了他的話，讓奧賽羅以為，凱西奧和黛絲迪蒙娜正在搞曖昧

5 奧賽羅和伊亞哥決定殺掉凱西奧和黛絲迪蒙娜

奧賽羅打算毒死他
的妻子，同時吩咐
伊亞哥殺了凱西奧

伊亞哥建議奧賽羅
在床上勒斃黛絲迪
蒙娜，因為床正是
她背叛他的地方

伊亞哥派洛特利哥
採取謀殺行動，洛
特利哥打傷了凱西
奧……

然後洛特利哥被伊亞哥
解決，因為伊亞哥已經
不需要他了

6 奧賽羅對於黛絲迪蒙娜的死感到自責，最後選擇自我了斷……

愛米利雅終於明白，伊亞哥
是這一切事件的主使者，於
是想揭發事情的真相，伊亞
哥則將愛米利雅殺死

奧賽羅知道自己鑄
下了大錯，於是拿
刀刺向伊亞哥，接
著結束自己的生命

奧賽羅依照計畫，
勒斃自己的妻子

伊亞哥逃過一死，但是現
在軍隊改由凱西奧發號施
令，而他將以等同伊亞哥
罪行的手段處死伊亞哥

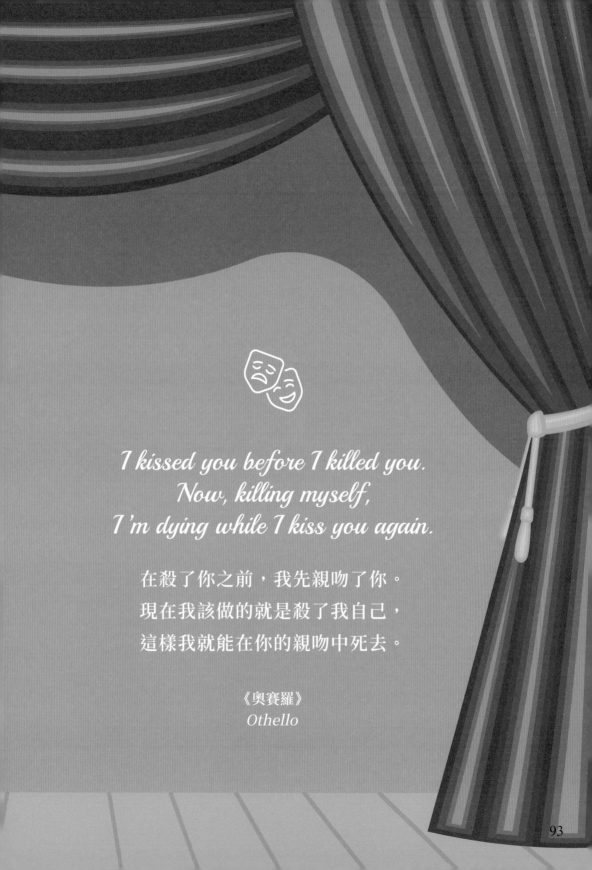

I kissed you before I killed you.
Now, killing myself,
I'm dying while I kiss you again.

在殺了你之前，我先親吻了你。
現在我該做的就是殺了我自己，
這樣我就能在你的親吻中死去。

《奧賽羅》
Othello

King Lear

《李爾王》

寫作年份：1606年左右　　　故事地點：英格蘭

劇本靈感來源

　　受了拉斐爾‧霍林斯赫德（Raphael Holinshed）著的《英格蘭、蘇格蘭與愛爾蘭編年史》啟發，莎士比亞透過自己的視角，描繪出遠古塞爾特國王李爾的一生。這齣悲劇是莎翁數一數二黑暗、沉重的作品。

故事情節

　　《李爾王》時空背景設定在基督教傳入英格蘭前的時期，劇本情節環繞著兩條故事線。在第一條故事線裡，李爾王決定離開王位。他向三個女兒宣布，誰對他表達最深的愛，他就會把最多的財產分給她。兩位姐姐瑞干和康納莉兒答應了李爾王的要求，但是小女兒寇蒂莉亞卻拒絕服從父王的任性，她認為這樣的要求不太恰當。但是，寇蒂莉亞其實才是三位姐妹中最愛國王的人，日後，她也將在父親殞落時證明她的愛。

李爾王被拋棄後，他失去了家園與所有的財產，身邊只有弄臣陪伴（這位弄臣是唯一敢對他講真話而不會被砍頭的人）。唯有失去了一切，李爾王才終於看清世界的真面目。然而，李爾王最後陷入了瘋癲之中，發瘋死去。

第二條故事線訴說的是愛德蒙的黑暗心計。愛德蒙是葛羅斯特的私生子，葛羅斯特希望由嗣子愛德伽繼承自己的爵位。愛德蒙的手段與瑞干和康納莉兒同樣卑劣，她們同時喜歡上這名壞小子，最後的結局則是通通被死神帶走。

這齣劇作包含了混亂和愚昧，讓觀眾在無數峰迴路轉的情節裡上氣不接下氣，喘不過氣來。雖然故事裡的冤屈令人灰心喪氣，但是對於人性苦難的點評，也同樣令人動容。

被編輯混合過的劇本是哪一齣？

莎士比亞一共替《李爾王》寫了兩個版本，但編輯們毫無顧忌地將這兩個版本混合在一起。

被其他作家動過手腳的劇本？

有些作家覺得這齣劇作的情節過於悲慘，於是他們動了手腳，讓寇蒂莉亞和李爾王最後存活下來，並且讓愛德蒙與瑞干結婚。

角色關係圖

肯特伯爵

英格蘭貴族

不管發生什麼事情
遠永效忠李爾王

李爾王

大不列顛國王

打算將財產分給三個
女兒

康納莉兒

李爾王的大女兒

勢利眼又
愛面子

瑞干

李爾王的二女兒

她的誠實將陷她
於不義……

寇蒂莉亞

李爾王的三女兒

少數能對李爾王
講真話的人

弄臣

活蹦亂跳逗李爾王開心
的小丑

葛羅斯特伯爵

英格蘭貴族

李爾王的
策士

愛德蒙

葛羅斯特的私生子

想要奪取他的地位、
頭銜和所有一切

愛德伽

葛羅斯特的兒子

劇情

1　李爾王打算將王國分給三個女兒。愛德蒙則開始策劃卑劣的計謀

小女兒寇蒂莉亞拒絕對李爾王說好話,李爾王一氣之下剝奪了她的繼承權

寇蒂莉亞遠走他鄉,嫁給了法國國王。肯特因為幫寇蒂莉亞說話,也遭到放逐

愛德蒙讓父親葛羅斯特以為愛德伽意圖謀反

愛德伽眼見情勢對自己不利,於是逃之夭夭

2　李爾王帶了一百名士兵到大女兒康納莉兒和二女兒瑞干的家裡作客

康納莉兒甚至開除了父親的隨扈,李爾王因此震怒!

然而,現在她們已經得到了一切,而服侍這位老父親讓她們覺得很頭痛

瑞干前往葛羅斯特家,躲避她爸爸

愛德蒙對她宣誓效忠

3 李爾王前往葛羅斯特家

李爾王現在已經失去了所有權威，瑞干和康納莉兒繼續批判她們的父親

李爾王一氣之下決定一走了之，身旁陪伴的只有弄臣，以及喬裝成僕人的肯特伯爵。李爾王開始變得瘋癲……

一行人在途中巧遇愛德伽，他現在喬裝成一名窮困潦倒的瘋子，名叫湯姆

4 葛羅斯特預見李爾王將重拾權力

瑞干的丈夫挖下了葛羅斯特的雙眼

葛羅斯特向愛德蒙透露，寇蒂莉亞將和法國軍隊一起入侵

愛德蒙抓到了驅逐父親的機會，於是向瑞干告狀

她的丈夫在打鬥中傷重身亡，瑞干這才向葛羅斯特揭發愛德蒙的雙面計謀

5　愛德伽和寇蒂莉亞分別與父親重逢

葛羅斯特告訴他愛德
蒙的背叛，接著他因
過度悲傷而死……

好險，愛德伽及時阻止父
親自我了斷，並且向他揭
露自己的真實身分

寇蒂莉亞深受父親的愚昧所拖累，
她的軍隊敗給了英格蘭。李爾王和
寇蒂莉亞兩個人都被俘虜了！

6　愛德蒙宣布與瑞干結婚，接著迎接劇中的大屠殺……

康納莉兒太過迷戀
愛德蒙，於是下手
毒死瑞干，接著自
我了斷！

愛德伽解決了愛德蒙，在
臨死前，愛德蒙承認：他
已經下令處決寇蒂莉亞和
李爾王

寇蒂莉亞被找到時已經吊
死在牢房裡。李爾王也因
悲傷而死去……

'Tis the times' plague,
when madmen lead the blind.

在悲慘的時代裡,
瘋癲者引領著無知之徒。

《李爾王》
King Lear

Macbeth

《馬克白》

 寫作年份：1606年左右　　　📍故事地點：蘇格蘭、英格蘭

 完整劇名：《馬克白的悲劇》
The Tragedy of Macbeth

劇本靈感來源

　　莎士比亞很可能是在翻閱拉斐爾‧霍林斯赫德（Raphael Holinshed）的《英格蘭、蘇格蘭與愛爾蘭編年史》時，發現了這位精明、奸巧的國王。在真實的歷史上，蘇格蘭國王馬克白的確存在於十一世紀左右，但是他的罪行卻很不一樣：歷史上的馬克白犯的罪刑是在一場戰爭之中，將前任國王鄧肯送上了西天。

故事情節

　　莎翁將馬克白塑造成了一位完美的悲劇英雄，並且在他身邊加入了許多超自然力量。在這齣劇本裡，引領馬克白和妻子犯下罪行的既不是愛情，也不是嫉妒，而是野心，而這也是引發許多觀眾共鳴的原因……

　　貫穿這整部作品的，其實有一個更大的主題：那就是自從創世紀以來，人類的墮落。馬克白與馬克白夫人（當馬克白有所遲疑時，她總會繼續推丈夫一把）被瘋狂和愚昧一

點一滴吞噬，最後終於得為自己的暴行受到懲罰。最後馬克白夫人自我了斷，而馬克白看到一片森林朝自己的城堡移動時，他知道自己也即將被打入地獄。

讀者可能會問一個問題：如此悲劇性的結局，究竟是意志選擇，還是命運使然呢？這其實也正是三位女巫的象徵意涵，她們對馬克白宣告了他的成功……也宣告了他的死亡。那麼，如果沒有女巫的預言，這一切還會發生嗎？

馬克白的死同時也提醒了觀眾，並不是所有人都能勝任國王的。這點啟示，相信詹姆士一世一定舉雙手贊同的！

哪個角色奇怪到連佛洛伊德都想分析？

馬克白夫人實在太過異於常人，就連佛洛伊德都試著對她進行分析過。

哪一齣戲劇受到詛咒了？

在英國，人們認為《馬克白》是一齣受到詛咒的劇本，所以演員如果直呼劇名的話，會招來厄運！在排練期間，如果要提到這部劇本，那麼最好是說「那部蘇格蘭劇」、「M劇」或者是「M夫人劇」。

角色關係圖

為人正直
會獎勵英勇的下屬

馬克白
國王的將軍

鄧肯
蘇格蘭國王

對權力的渴望
使他們變得邪惡……

馬克白夫人
馬克白的妻子

馬爾康
鄧肯的兒子

可以預知未來

三位女巫

班柯

國王的將軍

弗里恩斯

班柯的兒子

原本是個好好先生
直到某一天……

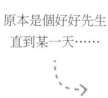

麥克德夫

蘇格蘭的貴族

已經準備好要解救
所有水深火熱的
蘇格蘭人

西華德

英格蘭軍隊的將軍

劇情

 馬克白與將軍班柯遇見三位女巫

三位女巫向他們預言了美好的未來：馬克白將受封為考特勳爵，然後成為國王，而班柯的子孫也將成為國王

蘇格蘭國王鄧肯為了獎勵馬克白的英勇表現，決定將他封為考特勳爵……

馬克白和班柯因此確信，三位女巫的預言不假

---

2 **馬克白和妻子想要操控命運……**

馬克白刺殺了鄧肯

他們決定殺掉鄧肯。馬克白夫人先對國王的僕人下藥……

然後馬克白夫人再把沾滿血跡的凶器放在兩位僕人手上。這時僕人還在打瞌睡

鄧肯的兒子馬爾康一得知消息就立刻逃跑，因為擔心自己也有生命危險

③ 馬爾康被指控謀殺，馬克白順利登上王位

為了坐穩王位，馬克白打算除掉班柯和他的後代，因為他的後代可能某天會取代自己

班柯遭到殺害，他的兒子弗里恩斯成功逃跑

馬克白在宴會席間看見了班柯的鬼魂，但人們都以為他發瘋了！

④ 蘇格蘭的貴族們開始懷疑馬克白的精神狀態……

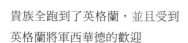

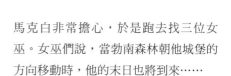

貴族全跑到了英格蘭，並且受到英格蘭將軍西華德的歡迎

馬克白非常擔心，於是跑去找三位女巫。女巫們說，當勃南森林朝他城堡的方向移動時，他的末日也將到來……

5 馬克白夫婦陷入惶恐，於是開始胡作非為

西華德與他的軍隊
助蘇格蘭貴族麥克
德夫一臂之力

麥克德夫的妻子和小孩都
被馬克白下令處決，於是
他憤而向馬克白宣戰

馬克白夫人開始夢遊⋯⋯
並且時常幻想手上有血
跡而想洗手，最後她發了
瘋，自我了斷！

6 英格蘭的軍隊來到勃南森林⋯⋯

麥克德夫殺了
馬克白

士兵們把樹枝放在身上做
掩護，慢慢靠近馬克白的
城堡。看起來就像是勃南
森林在前進一樣

最後，鄧肯的兒子馬爾康
奪回了他應得的王位！

Out, out, brief candle! Life's but a walking shadow,
a poor player that struts and frets his hour upon the stage.
And then is heard no more.
It is a tale told by an idiot,
full of sound and fury, signifying nothing.

熄滅吧，熄滅吧。瞬間的燈火！
人生只不過是行走著的影子，
一個在舞台上高談闊論的可憐演員，
無聲無息地悄然退下。
這只是一個傻子說的故事，
說得慷慨激昂，卻毫無意義。

《馬克白》
Macbeth

Antony and Cleopatra

《安東尼與克麗奧佩托拉》

 寫作年份：1606年左右 　　 故事地點：羅馬帝國各地

劇本靈感來源

　　克麗奧佩托拉的情史為許多作家帶來了靈感，其中包括羅馬時代的作家普魯塔克（Plutarch）。和其他作家一樣，莎士比亞也難以抗拒這位埃及豔后的魅力。莎翁對於安東尼的角色刻劃，加入了更多感情，因為這已是安東尼第二次出現在莎士比亞的劇作中（另一次是在《凱薩大帝》裡），這樣的安排很罕見，相當值得一提。

故事情節

　　這部劇本建立在兩個二元對立上。第一個二元對立是安東尼與凱薩之間的衝突，或者也可以說是東方（埃及）與西方（羅馬）的衝突。雖然這些政治事件非常具有歷史價值，但是和第二個二元對立比起來，還是相形失色：安東尼與克麗奧佩托拉之間的愛情。莎士比亞將兩人的愛情處理得相當細緻，這樣的講究，在其他劇作家中也十分少見。

為了這位埃及豔后，安東尼將第一任妻子芙爾薇雅拋在腦後，也對第二任妻子奧克塔薇雅置之不理。至於克麗奧佩托拉（埃及女王），其實她不過就是凱撒大帝留下來的一盤冷菜。儘管安東尼與克麗奧佩托拉彼此愛得火熱，但是這兩位主角都不確定是否真的能信任對方，他們的情感與猜疑都將撕裂著彼此，破壞力也更勝於戰爭。

即便克麗奧佩托拉如此善於心計，也為了抓緊剛到手的權力而不擇手段，但當她知道自己大勢已去時，她依舊能知所進退，勇敢地下台一鞠躬……

莎士比亞如何營造滑稽的氣氛？

劇中的某些角色（包括了幾位克麗奧佩托拉陣營的人物），為劇本帶來了耳目一新的活力，讓這齣戲頗有幾分滑稽鬧劇的氣氛。

為了突顯戲劇張力，莎士比亞替哪一齣戲寫了四十個場景？

莎士比亞為了《安東尼與克麗奧佩托拉》這齣戲寫了四十個場景，就是為了要突顯劇中愛情與戰爭的張力。

角色關係圖

才剛喪偶不久

兩個人彼此競爭
和雷必達（Lepidus）*
共同組成了三頭同盟

馬克・安東尼

三頭同盟之一
治理羅馬帝國

凱薩・凱薩

三頭同盟之一
治理羅馬帝國

從愛人安東尼身上
得到所有她想要的東西

克麗奧佩托拉

埃及女王

*雷必達（Lepidvs），古羅馬貴族政治
家，羅馬的後三頭同盟之一，另外兩人
分別為凱薩及安東尼

能夠讓結盟關係
更緊密

奧克塔薇雅

凱薩的妹妹

很支持安東尼
直到某一天⋯⋯

自認無所不能

多米修斯・阿赫諾巴布斯

安東尼的支持者

塞克圖斯・龐培

羅馬的將軍

劇情

1 安東尼在埃及和克麗奧佩托拉談情說愛

安東尼把正事完全拋在腦後……，
不過當凱薩告訴他龐培起義的消息
後，安東尼趕緊重返工作崗位

克麗奧佩托拉想盡各種方法，
希望阻止安東尼回到羅馬

2 凱薩和安東尼結盟對抗龐培

安東尼和凱薩的
妹妹奧克塔薇雅
結婚，藉此鞏固
結盟關係

但是，阿赫諾巴布斯很清楚，和克
麗奧佩托拉比起來，奧克塔薇雅無
法長久吸引安東尼，而且克麗奧佩
托拉也想把安東尼搶奪回去

面對安東尼和凱薩的結
盟，龐培同意握手言和

3 凱薩和安東尼再度進入緊張關係……

凱薩對雷必達的
態度讓安東尼感
到憤怒

因為凱薩譴責安東尼，不該為了與
克麗奧佩托拉重修舊好而休掉他妹
妹奧克塔薇雅

阿赫諾巴布斯懇求克麗奧佩托拉，
不要涉入這場愈演愈烈的衝突之中

4 克麗奧佩托拉和安東尼的軍隊先在海上開戰……

克麗奧佩托拉的
艦隊一遭到攻擊
就落荒而逃

安東尼的艦隊也好不到哪邊去。兩
邊的軍隊都徹底慘敗！

安東尼原本非常生氣，但是因為
克麗奧佩托拉的魅力，氣也消
了。克麗奧佩托拉也拒絕了凱薩
想與她結盟的提議

5 劇情從海上回到陸上……

由於安東尼的頑固，阿赫諾巴布斯決定棄他而去，但是隨後感到悔恨，被罪惡感吞沒而死

安東尼責怪克麗奧佩托拉，認為她應該為軍隊的敗仗負起責任

於是克麗奧佩托拉試著佯裝死亡，想要騙過安東尼，並測試他的反應

6 法國投降，安東尼因為雙重打擊而自殺了！

凱薩再次向克麗奧佩托拉提出結盟的要求……

凱薩將安東尼的遺體帶到克麗奧佩托拉面前，這位埃及皇后陷入了絕望

克麗奧佩托拉最後則以毒蛇自盡……

*It would be a pretty stingy love if it could
be counted and calculated.*

如果愛情需要被衡量，
那真是可悲的愛情。

《安東尼與克麗奧佩托拉》
Antony and Cleopatra

Comedies

喜劇

The Taming of the Shrew

《馴悍記》

 寫作年份：1594年左右　　 故事地點：義大利的帕多瓦與維洛納

劇本靈感來源

我們很難知道莎士比亞究竟什麼時候寫了這齣劇本，我們甚至不確定他是否真的就是作者。事實上，這部作品有兩個版本，兩者還有80%雷同，就連英文標題也很相似！一個版本寫的是「一位悍婦」（a shrew），而另一個版本寫的則是「這位悍婦」（the shrew），這種小細節對某些歷史學家來說相當重要，不騙你！不管怎樣，這部作品仍是莎士比亞最知名的喜劇之一。

故事情節

喬裝的愛慕者、取代主人角色的僕人、被蒙在鼓裡的父親……不管是劇中角色還是觀眾，都陷入了十里迷霧之中。劇中的兩段愛情故事，相互對照又彼此糾葛，情節發展還讓人不禁聯想到了滑稽、通俗的歌舞喜劇。

在《馴悍記》的第一段愛情故事中，講述了溫柔的碧恩卡與她眾多追求者的故事，與之對照的，則是姐姐凱薩琳娜與彼特魯喬。凱薩琳娜是一位悍婦，而彼特魯喬則是莎翁喜劇中，數一數二大膽的人物。彼特魯喬可不是一般多愁善感的纖弱男子，他直率又有自信，還非常篤定自己的天職就是要馴服凱薩琳娜。相較於碧恩卡與追求者之間的複雜情節，凱薩琳娜與彼特魯喬之間的劇情就顯得十分簡明扼要，也為這齣戲注入了一股活力。

在當今這個時代，如果看到一位妻子被馴服得如此溫順，有些觀眾可能會為之咋舌。但是可別忘囉！這其實正是伊莉莎白時代資產階級的生活寫照。

莎士比亞戲劇中，哪一齣戲還有「戲中戲」？

莎士比亞很喜歡戲中戲的安排。《馴悍記》本身就是一齣戲中戲，戲中戲的表演對象是一名酒鬼，目的？就是為了鬧他一場！

《馴悍記》的戲裡戲外

一九六七年，伊莉莎白・泰勒和李察・波頓所主演的《馴悍記》電影上映了，而兩人在真實世界的關係也很類似劇中的男女主角。

角色關係圖

除非大女兒已經
名花有主……

凱薩琳娜

巴普提斯塔的大女兒

剽悍的長舌婦

巴普提斯塔

帕多瓦的富裕紳士

聰明機智的
談判者

特里亞諾

路森修的僕人

路森修

比薩的紳士

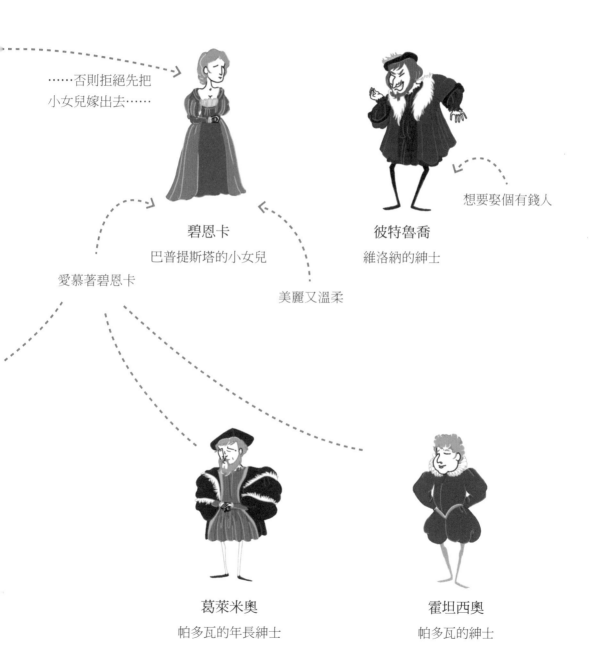

……否則拒絕先把
小女兒嫁出去……

想要娶個有錢人

碧恩卡
巴普提斯塔的小女兒

彼特魯喬
維洛納的紳士

愛慕著碧恩卡

美麗又溫柔

葛萊米奧
帕多瓦的年長紳士

霍坦西奧
帕多瓦的紳士

劇情

 碧恩卡吸引了眾多的追求者……

霍坦西奧、葛萊米奧都希望向她求婚,不過碧恩卡的父親巴普提斯塔想先幫大女兒凱薩琳娜找到丈夫

在等待的同時,碧恩卡繼續深造求學

來自比薩的路森修與碧恩卡邂逅後,對她一見鍾情

 霍坦西奧、路森修假扮成老師,藉此親近碧恩卡

霍坦西奧教碧恩卡音樂

多虧了葛萊米奧死纏著巴普提斯塔不放,路森修才能幫碧恩卡上文學課

特里亞諾喬裝成主人路森修的樣子,設法幫他贏得碧恩卡的心

③ 彼特魯喬遵照路森修的建議，向凱薩琳娜求婚

剽悍沒什麼大不了，只要嫁妝豐厚就好嘛！

巴普提斯塔藉著這個機會，也要把碧恩卡嫁給最有錢的追求者

巴普提斯塔最後看中了特里亞諾的財富，選擇假扮成路森修的他作女婿，結果葛萊米奧非常失望……

④ 凱薩琳娜嫁給了彼特魯喬

彼特魯喬對凱薩琳娜非常殘暴，甚至會把她關起來，要她搞清楚誰才是主人！

彼特魯喬決定，只要凱薩琳娜不聽話，就什麼也不給她！

5　碧恩卡愛上了路森修！另一方面，特里亞諾和巴普提斯塔達成了
一項協議……

路森修和碧恩卡偷偷傾
訴著愛慕之情

沮喪的霍坦西奧決定
轉移目標，追求一位
有錢的寡婦

特里亞諾把巴普提斯塔哄
得團團轉。後來，巴普提
斯塔要特里亞諾證明自己
的財富……

6　路森修偷偷迎娶了碧恩卡，結束這一場喬裝遊戲

最後他輕鬆贏得
了賭注！

面對這無可逆轉的情勢，巴普提
斯塔欣然接受這位財力不凡的女
婿

彼特魯喬拜訪巴普提斯塔，並且
和朋友們打賭，說他娶了一位最
溫順聽話的妻子……

He who is dizzy thinks the world is spinning.

頭暈目眩的人以為世界正天旋地轉。

《馴悍記》
The Taming of the Shrew

A Midsummer Night's Dream

《仲夏夜之夢》

寫作年份：1595年左右　　　故事地點：雅典、森林

劇本靈感來源

羅馬時代的奧維德（Ovid）和普魯塔克（Plutarch）是文學史上許多靈感的泉源。莎士比亞無疑也閱讀了他們兩位的文本，並從中獲得了撰寫《仲夏夜之夢》的素材。同時，莎翁應該也受到一些英國作家的啟發，像是瑞吉納爾德・史考特（Reginald Scot）等。一五八四年，史考特寫了一本名為《發現巫術》（The Discovery of Witchcraft）的書，在此書中，史考特揭發了女巫的騙局，並指出她們那些所謂的超能力，其實都只是唬人的技倆罷了。

故事情節

在當時，這齣喜劇受到廣大的歡迎，直到今天也仍舊深受喜愛。在這齣劇中，男人、女人、精靈皇后……沒有人逃得過愛情的愚昧。另外更別提被施展魔法的人了，因為他們都被灑上了魔法液，還會愛上醒來以後第一個看到的人！這正是赫米雅、拉山德、迪

米特律斯和海麗娜關係大錯亂的原因，也陰錯陽差讓精靈皇后提泰妮亞，瘋狂愛上了人身驢頭的波頓。

這一切都多虧了小妖精帕克啊！（因為如果沒有他，這些情節發展也不會存在），帕克提醒了我們，如果我們不喜歡這齣戲，那麼也別太認真囉，就把它當作是一場夜裡作的夢就好啦。

劇本重點

在《仲夏夜之夢》裡，魔法扮演了很重要的角色。莎士比亞帶著觀眾，前往充滿精靈、妖精的魔幻世界，那個世界與伊莉莎白時代的英格蘭相互對照。儘管如此，比起魔幻世界，人類的愛情、反覆無常，其實更像是這部作品的主旨。

為了一場婚禮而寫的劇本？

許多歷史學家認為，《仲夏夜之夢》是為了一場王侯的婚禮所寫的。

仲夏看劇，可以順便尋找什麼花？

仲夏對應的是夏季的開始。在英格蘭，人們會在六月二十四日聖若翰（St. John）日的前一天夜裡，尋找一種平時肉眼看不見的蕨類之花。

角色關係圖

為了爭奪僕人而吵架

個性古靈精怪
為奧布朗服務

提泰妮亞

精靈皇后

奧布朗

精靈國王

帕克

小精靈

正在籌備結婚典禮的
慶祝活動

希波呂特

阿瑪宗的女王

特修斯

雅典公爵

迷戀迪米特律斯

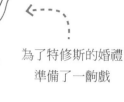

為了特修斯的婚禮
準備了一齣戲

海麗娜

雅典人

迪米特律斯

雅典人

波頓

紡織工

希望得到
特修斯的支持
讓赫米雅同意
嫁給迪米特律斯

兩人彼此相愛

伊吉斯

雅典貴族

赫米雅

伊吉斯的女兒

拉山德

雅典人

劇情

1 伊吉斯想盡各種辦法，逼女兒嫁給迪米特律斯

伊吉斯希望女兒服從雅典的律法，要不嫁給迪米特律斯，要不就是進修道院，再不然，就是等著被處死！

拉山德打算帶赫米雅前往他的阿姨家，因為在那裡，雅典律法沒有效力

海麗娜得知消息後，通風報信，希望藉此贏得迪米特律斯的好感

---

2 但是，海麗娜遭到了拒絕⋯⋯

精靈國國王奧布朗對於皇后提泰妮亞的固執感到氣憤，於是決定出門透透氣，並且策劃一場報復行動

奧布朗看到了迪米特律斯拒絕海麗娜，於是派出小精靈帕克對這位壞心的「雅典人」施展魔法，而自己也打算對皇后提泰妮亞做同樣的事

這株植物的汁液，能夠讓人愛上醒來第一眼看到的人

3 因為神奇的魔法液，小精靈帕克陰錯陽差製造了各種愛情大麻煩！

拉山德醒來後，第一眼看到的居然是海麗娜！

帕克遇上了正在排戲的波頓，幫他戴上了一只滑稽的驢頭

帕克巧遇熟睡的赫米雅和拉山德，誤以為拉山德就是迪米特律斯，於是對他灑上了魔法液

提泰妮亞也被灑上了魔法液，所以愛上了醒來後第一眼看見的人——紡織工波頓！

4 小精靈帕克試著補救闖下的婁子，結果沒想到弄巧成拙，愈弄愈糟……

奧布朗再次派帕克對迪米特律斯施展魔法

一如預料之中，迪米特律斯愛上了海麗娜。拉山德一氣之下，決定和迪米特律斯一決勝負，奪回他的新歡！

被拋棄的赫米雅恨死了海麗娜！

5 所有人都睡著後，奧布朗將一切重新恢復秩序

奧布朗要回了僕人，然後在精靈皇后提泰妮亞身上灑上解藥……

而帕克也對拉山德施了解藥

每個人的記憶都被抹去了……

6 愛情終於風平浪靜，現在，所有人都想要結婚了！

特修斯、希波呂特很高興看到這樣的結局，於是同意了所有人的婚事

波頓變回了人形，而且所有人都前往觀賞他的演出。不過那場演出糟透了！看來啊，並不是所有人都可以當演員的！

Love looks not with the eyes but with the mind.

愛情不是用眼睛看，
而是用心靈去感受。

《仲夏夜之夢》
A Midsummer Night's Dream

Much Ado About Nothing

《無事生非》

 寫作年份：1600年左右　　 故事地點：義大利的墨西拿

莎士比亞早年寫的喜劇，大多都是建立在誤解的情節之上，內容也充斥了各種鬧劇元素，像是《馴悍記》和《仲夏夜之夢》。之後，莎翁則開始處理一種比較嚴肅的喜劇類型，這種類型叫作「問題劇」。

雖然皆大歡喜的結局永遠是最終目標，但是整個過程中，角色也會經歷悲傷，並且也需要面對死亡（死亡這個議題，在「問題劇」中所扮演的角色相當大膽、創新），劇中甚至會有激烈的場景。

故事情節

《無事生非》這齣喜劇的主題，圍繞在兩個二元對立上。第一個二元對立的一方是唐‧彼德羅王子，他總是想要撮合有情人；另一方則是唐‧彼德羅的半個兄弟‧約翰（私生子），他總是想著要製造爭端、拆散情侶（他的性格是《奧賽羅》中伊亞哥的角色原型）。

第二個二元對立，則是兩段愛情故事的對立：希蘿和克勞迪奧原本相愛，但是感情將被唐·約翰的謠言破壞（這是此劇中很「戲劇性」的橋段）；另一方面，也多虧了唐·彼德羅的謊言，碧翠絲和本尼迪克最終才能愛上彼此（此劇的喜劇橋段）。

儘管碧翠絲、本尼迪克不是這齣戲的主要角色，但是他們言語上的針鋒相對，以及兩人的忽然相愛等，都在莎士比亞喜劇中具有非常代表性的特色。這衝突與愛情環環相扣的情節，對許多讀者來說是一種樂趣，因為有些讀者就是想看尖酸刻薄的嘲諷，也想要好好大哭一場。

所以，各位讀者們，把你們的面紙準備好吧！

哪一齣劇連國王也愛不釋手？

《無事生非》在當時就超級受歡迎，就連查理一世也對碧翠絲和本尼迪克的愛情非常感興趣！

哪一齣劇改拍成無數電影？

直到今天，《無事生非》搬演時仍是座無虛席。第一部改編此劇的電影是由斯馬利（Smalley）執導的。

角色關係圖

安東尼奧

萊昂納多的兄弟

萊昂納多

墨西拿的地方首長

剛從戰場上回來
帶著他的人馬
一同拜訪萊昂納多

唐・彼德羅

阿拉貢的王子

希蘿

萊昂納多的女兒

碧翠絲

萊昂納多的姪女

烏蘇拉

希蘿的侍女

瑪格麗特

希蘿的侍女

非常天真的一個女生……

對阿拉貢王子
唐・彼德羅和
他身邊的人心懷不軌

唐・約翰

私生子
王子的半個兄弟

伯拉齊奧

唐・約翰的隨從

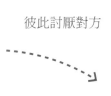

彼此討厭對方

本尼迪克

帕多瓦的年輕貴族

克勞迪奧

佛羅倫斯的年輕貴族

別看他是個修道士的模樣
該說謊的時候
他也是會說謊的！

法蘭西斯神父

完全是個蠢蛋！

道格貝里

地方警長

劇情

① 所有人都很高興能夠團聚！

尤其是已經訂婚的克勞迪
奧和希蘿……

除了碧翠絲和本尼迪克，兩人
還是吵得不可開交

② 阿拉貢王子唐·彼德羅扮起了碧翠絲和本尼迪克之間的愛神邱比特

在萊昂納多與克勞迪奧的協助之下，
唐·彼德羅成功讓本尼迪克相信，碧
翠絲其實對他有好感……

同一時間，希蘿和侍女烏蘇拉也讓
碧翠絲相信，本尼迪克其實喜歡她

3 　唐·約翰想出了一個陰謀，打算拆散希蘿和克勞迪奧這對小倆口

他在侍女瑪格麗特和隨從伯拉
齊奧正在**翻雲覆雨**的時候，讓
克勞迪奧誤以為女方是希蘿

克勞迪奧一怒之下，在婚禮聖
壇前甩掉了希蘿，讓她一個人
昏倒在地上

遭逢如此殘酷的事
件，本尼迪克跑去
安慰碧翠絲

4 　所有人都為了希蘿的死責怪克勞迪奧

法蘭西斯神父為了要捍衛
希蘿的名譽，造假了一份
死訊，還她清白

碧翠絲要求本尼迪克砍
下克勞迪奧的頭……

而這顆頭，萊昂納多和
安東尼奧也想要！

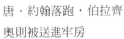 唐·約翰的隨從伯拉齊奧正在誇耀自己所做的壞事，結果被地方警長道格貝里逮個正著

唐·約翰落跑，伯拉齊奧則被送進牢房

克勞迪奧心裡悔恨不已，萊昂納多則建議他，乾脆娶自己的姪女為妻，因為她長得和希蘿非常像

這位姪女現身時，臉部蒙上了面紗

---

⑥ 克勞迪奧答應和這位素昧平生的女子結婚……

結果他驚喜地發現，對方就是希蘿！碧翠絲和本尼迪克也結了婚（這樣子，證婚人就沒有白來了）

唐·約翰被抓個正著，本尼迪克踹了他的屁股，要他走快一點！

Everyone knows how to overcome an injury except the one who actually has one.

所有人都知道如何克服痛苦，
除了那些真正擁有痛苦的人。

《無事生非》
Much Ado About Nothing

The Merry Wives of Windsor

《溫莎的風流婦人》

✎ 寫作年份：1597年左右　　📍 故事地點：英格蘭的溫莎

劇本靈感來源

　　雖然我們可能會覺得，莎士比亞從好幾部前人的作品中汲取了此劇的靈感，但是《溫莎的風流婦人》很有可能是莎翁原創的作品！和以往的劇本不同，這次的故事地點設定在一座典型的英格蘭城鎮中，也不再是義大利、不會有魔法，更沒有磅礴的歷史戰役。

　　在這資產階級的生活圈裡，觀眾驚喜地與約翰‧法斯塔夫[*]重逢，而他也正在編造一個令人暈頭轉向的謊言。其實這齣戲寫實主義的成分非常高，因為莎翁很努力要在戲劇中，加入當時日常生活的各種細節。

故事情節

　　儘管這部作品也想做道德的捍衛者，但這齣戲同時也非常務實：在胖爵士約翰‧法斯塔夫的求愛之後，佩吉太太與福特太太則努力把法斯塔夫導回正軌。這其實和兩位太太

的道德操守沒什麼太大的關係，因為她們只是單純對法斯塔夫的可議行徑，感到反感罷了！

這齣戲也在向父母安排的不幸福婚姻說不：年輕貌美的安妮有三位追求者，每個人的背景也都不太一樣。不過，她的選擇非常簡單，就是和她所愛的人許下終身——嫁給年輕、英俊的騎士凡頓。在這齣戲中，莎士比亞用了各種喜劇元素：不管是喬裝打扮、設計反覆出現的笑點、或是找來腔調很重的外國人、棍棒伺候等，應有盡有。

在這部作品裡，法斯塔夫失去了他原有的光環，並且還讓人發現了更適合他的特質——原來啊，他更適合當個丑角！

*請參見《亨利四世》

哪一齣劇，是莎士比亞替女王特製的？

這齣喜劇應該是在《亨利四世》之後，應伊莉莎白一世的要求所寫的。因為，伊莉莎白女王希望看到法斯塔夫在下一部劇本裡談情說愛。

莎士比亞只用了十四天就完成了哪部作品？

十四這個數字之於《溫莎的風流婦人》的意思是，莎士比亞只用了十四天就完成了這齣劇本。

角色關係圖

漂亮又可愛
嫁妝也相當可觀

安妮・佩吉

佩吉的女兒

追求安妮

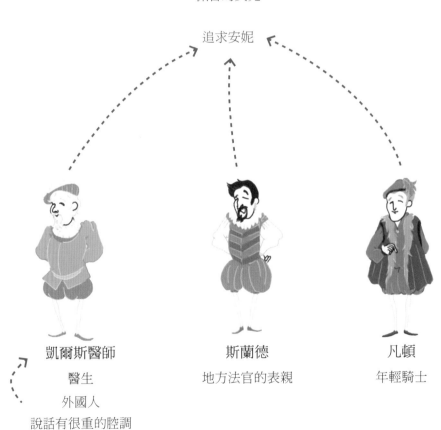

凱爾斯醫師

醫生

外國人
說話有很重的腔調
聽起來很滑稽

斯蘭德

地方法官的表親

凡頓

年輕騎士

舉辦宴會散盡了家產
於是來到溫莎

約翰・法斯塔夫

胖爵士

除了凡頓之外
對女兒所有的追求者
都還算滿意

佩吉

溫莎的富有商人

佩吉太太

佩吉的妻子

嫉妒心強烈

掌管家中的
錢財

福特太太

福特的妻子

福特

溫莎的富有商人

劇情

1 愛情故事的開展……

安妮完全看不上凱爾斯醫生和斯蘭德，因為她愛的是凡頓！

身邊的人警告福特要注意這件事情

為了錢，法斯塔夫開始對佩吉太太與福特太太求愛，但是他非常沒有誠意，竟然寫了一模一樣的信寄給兩個人！

---

2 這兩位太太對法斯塔夫的行為感到生氣，於是決定以牙還牙！

法斯塔夫偷偷和福特太太見面，打算對她求愛

福特設計了一個陷阱給法斯塔夫跳。他假裝自己對妻子也有所懷疑，因此希望同時把福特太太逮個正著

福特忽然現身，於是法斯塔夫躲在洗衣籃裡……然後被扔進了泰晤士河中！

③ 兩位太太與福特故技重施

這一次，法斯塔夫
扮成僕人，結果福
特沒有認出他來，
只有把僕人狠狠趕
了出去而已……

福特打算對妻子與法斯塔
夫再施展一次技倆

法斯塔夫再次來到了福特太太家
中，而福特又再一次突襲

④ 兩位太太開始策劃新的埋伏行動

他們向丈夫揭露了法斯塔夫的把戲，接著
和法斯塔夫約定了下一次碰面，就約在森
林裡

法斯塔夫聽從她們的指示，喬裝赴
約，結果中了孩子們的圈套，因為
孩子們打扮成了森林裡頭的精靈

5　法斯塔夫被逼到了牆角，安妮則為愛遠走

安妮利用喬裝成精靈皇后的機會悄悄落跑，和凡頓結了婚……

於此同時，凡頓也努力甩開了他的競爭對手

法斯塔夫被綑綁了起來，不僅被挨打，還被火燒！最後，他終於坦承自己的詭計

6　最後終於皆大歡喜！太好了！

除了凱爾斯醫師和斯蘭德以外，因為他們原本以為自己贏得了安妮，沒想到卻被變裝者騙了！

面對這無可逆轉的情勢，佩吉夫婦接受了凡頓作為他們的女婿，並且邀請所有人——包括法斯塔夫——一同狂歡慶祝。

The world's mine oyster,
which I with sword will open.

世界就是我的牡蠣，我將用刀打開它。

《溫莎的風流婦人》
The Merry Wives of Windsor

Twelfth Night

《第十二夜》

✑ 寫作年份：1600年左右　📍故事地點：巴爾幹半島上的的伊利里亞

❝ 其他劇名：《隨心所欲》
What You Will

劇本靈感來源

　　女扮男裝、把眾人耍得團團轉，其實不是當時才有的主題。無疑地，莎士比亞也從理查‧瑞奇（Richard Rich）的《再會了軍旅生涯》（Farewell to Military Profession）中得到創作靈感，寫下《第十二夜》。

故事情節

　　在這齣戲中，混亂與失序充其量只是背景而已。《第十二夜》裡的角色，看不清自己真實的慾望，一開始還堅持得到不可能達成的結果，不過因為一名年輕女子的到來（或者應該說是一位陰柔氣質的男子，化名西薩里歐），他們的堡壘很快就像紙牌屋一樣瓦解了。奧麗維亞原本發誓，再也不想看到男人了，結果才一瞥見西薩里歐，就完全改變了主意。

至於公爵呢，他還在為了西薩里歐的話而感到困惑，就完全忘記自己曾對奧麗維亞許下的永恆之愛。其他的角色也同樣落入了陷阱，經歷了一百八十度大轉變，不過，這些轉變也替這齣戲增添了不少滑稽橋段。在這一場名符其實的化妝舞會裡，劇情隨著薇奧拉卸下裝扮而告終，所有人也因此大大鬆了一口氣。

在莎翁的那個時代，《第十二夜》的性別、情慾模糊空間其實還更精采，因為當時女性是不能登台演出的。莎士比亞也藉此機會，邀請台下的觀眾，一同嘲諷當時清教徒式的道德觀。

一直到什麼時候，女性才可以登台演出？

一直要等到一六六〇年開始，女性才可以站上舞台演出。

為什麼莎翁劇場裡的角色可以相互替換？

這齣戲在主顯節（Epiphany）於宮廷上演。在這一天，傳統上，各種人物角色可以相互替換（這是古羅馬農神節所遺留下來的習俗）。莎士比亞也從這個習俗當中獲得了靈感，於是以此為主題，寫下這齣經典。

角色關係圖

船難的倖存者，兩個人
都以為對方已死亡

為了找工作，喬裝成
一位氣質陰柔的男子

塞巴斯辛

薇奧拉的雙胞胎兄弟

薇奧拉

塞巴斯辛的雙胞胎姐妹

西薩里歐

其實是薇奧拉

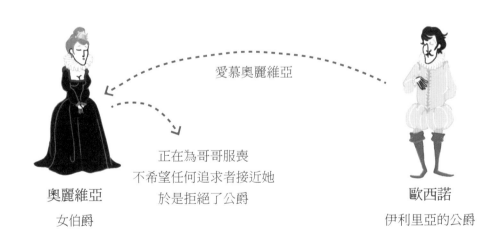

愛慕奧麗維亞

正在為哥哥服喪
不希望任何追求者接近她
於是拒絕了公爵

奧麗維亞

女伯爵

歐西諾

伊利里亞的公爵

托比·貝爾許爵士

奧麗維亞的叔叔

喜歡參加
宴會狂歡！

安德魯·阿哥契克爵士

托比的朋友

瑪麗亞

奧麗維亞的侍女

聰明淘氣的女孩……

相當目中無人……

馬伏里奧

奧麗維亞的管家

劇情

1 薇奧拉喬裝成一名男子，化名西薩里歐，得到了公爵的僱用

公爵派他前往奧麗維亞的家裡
唱歌，希望得到她的歡心

但任務失敗
了！奧麗維
亞對西薩里
歐一見鍾情

西薩里歐愛上了公爵，因此心不甘
情不願地前往奧麗維亞家

奧麗維亞的叔叔托比對於奧
麗維亞服喪這麼久很有意
見，於是說服朋友安德魯開
始追求自己的姪女

2 奧麗維亞希望和西薩里歐再見一次面

西薩里歐沒
有想太多，
答應和奧麗
維亞再見一
次面

他們捏造了
一封信，讓
馬伏里奧以
為奧麗維亞
瘋狂愛上了
他！

奧麗維亞請管家馬伏里奧送了一枚
戒指給西薩里歐，說他把戒指忘在
她家裡了

托比和安德魯不滿馬伏里奧罵他們
太過輕浮，於是決定設計他。侍女
瑪麗亞也答應從旁協助⋯⋯

3 之後，西薩里歐試著說出自己的心事……

他對公爵說，他愛著一位和公爵極為相像的人。接著他對奧麗維亞說，他的心無法歸屬於任何一位女人

不過這個任務徹底失敗了！公爵完全聽不懂，而奧麗維亞也不肯就此放手

安德魯心懷妒忌，因此向西薩里歐挑釁，要求兩個人決鬥一場

4 馬伏里奧上了侍女瑪麗亞的當，於是開始勾引奧麗維亞

奧麗維亞對馬伏里奧古怪的舉止感到反感，覺得他大概是發瘋了吧？

侍女瑪麗亞和她的同夥把馬伏里奧關了起來，說要好好治療他一下

西薩里歐被安德魯和他的武器嚇壞了，於是趕緊逃之夭夭……

5 塞巴斯辛出現了，但是所有人都以為他是西薩里歐

薇奧拉的雙胞胎兄弟塞巴斯辛先揍了安德魯一頓……

接著再和奧麗維亞談情說愛，奧麗維亞再也不相信西薩里歐不愛她了！

6 雙胞胎團圓，西薩里歐變回了薇奧拉

奧麗維亞嫁給塞巴斯辛公爵則娶了薇奧拉……

至於馬伏里奧，他終於被釋放了，獨自一個人在角落發脾氣……

If it's true that music makes people more in love,
keep playing.

如果音樂是愛情的養分，
那麼就繼續演奏吧。

《第十二夜》
Twelfth Night

The Winter's Tale

《冬天的故事》

✎ 寫作年份：1610年左右　　📍 故事地點：西西里、波西米亞

劇本靈感來源

　　雖然莎士比亞的風格隨著時間不斷在進步，但他也常會向同儕學習、取經。《冬天的故事》就是這樣的例子。這齣劇本中的許多靈感，都源自於羅伯特・格林（Robert Greene）一五八八年的作品《潘朵斯托》（Pandosto）。

　　在莎士比亞的所有劇作裡，《冬天的故事》占有舉足輕重的地位，因為莎翁在裡頭加入了許多變化元素，這些元素的效果十分驚豔，例如將這齣戲打造成「悲喜劇」，就是其中一個巧妙的設計。

故事情節

　　觀眾在欣賞時，可能會有些不習慣，因為這齣戲雖然號稱喜劇，但是前三幕卻充滿了悲劇般的情節。國王萊昂特斯懷疑妻子赫爾米奧娜與自己的老朋友波利克塞尼斯暗通款

曲，於是變得既殘忍又暴力，而他的怒火也導致了最糟的後果：他的妻子過世、他們的兒子身亡，新生兒還遭到遺棄！觀眾有好多哭點可以抽面紙……

一直要等到最後兩幕，喜劇才終於撥雲見日。十六年之後，被牧羊人收養、取名為波蒂塔的棄嬰已經長大，成為了一位亭亭玉立的牧羊少女了，還讓波利克塞尼斯的兒子弗洛里扎爾對她一見鍾情。更棒的是，赫爾米奧娜以一種最神奇的方式歸來。觀眾這樣又可以好好大哭一場了……

最後一個場景，讓人不禁疑惑：赫爾米奧娜的復活究竟是魔法使然，還是她和保莉娜精心安排的一場計畫呢？而她真的原諒萊昂特斯的盲目無知了嗎？答案究竟是什麼？就交給你自己判斷啦。

哪個作家曾將莎士比亞比擬成一隻烏鴉？

羅伯特・格林竟然在他的著作《百般懊悔換得一毫智慧》（**A Groats-worth of Witte, bought with a Million of Repentance**）中，將我們偉大的莎士比亞比擬成一隻烏鴉！

詹姆士一世女兒的婚禮上看什麼戲？

《冬天的故事》搬演的時間是一六一三年的二月十四日，這天剛好是詹姆士一世女兒的婚禮慶典。

角色關係圖

萊昂特斯

西西里的國王

赫爾米奧娜

西西里的皇后
萊昂特斯的妻子

前往老朋友萊昂特斯的
家裡作客

原本支持著萊昂特斯

波利克塞尼斯

波西米亞的國王

卡米洛

西西里的貴族

赫爾米奧娜
堅定不移的
支持者

保莉娜

西西里的貴族

牧羊人

波蒂塔的養父

母親眼中的
心肝寶貝⋯⋯

彼此相愛

馬米留斯

萊昂特斯與赫爾米奧娜
的兒子

波蒂塔

萊昂特斯與赫爾米奧娜
的女兒（被棄養）

弗洛里扎爾

波利克塞尼斯的兒子

劇情

1 西西里國王萊昂特斯請妻子赫爾米奧娜，說服波西米亞國王波利克塞尼斯多待一會兒

波利克塞尼斯原本婉拒萊昂特斯的好意，但是卻欣然同意了赫爾米奧娜的邀請

萊昂特斯懷疑自己被戴了綠帽，於是派卡米洛刺殺波利克塞尼斯

卡米洛覺得主人發瘋了！於是向波利克塞尼斯發出警告，最後兩個人一起逃回波西米亞

2 波利克塞尼斯的逃亡讓萊昂特斯更加確信：自己一定是被戴了綠帽！

保莉娜帶女嬰給萊昂特斯看，希望他看到孩子後會心軟

他把兒子馬米留斯從太太的身邊帶走，然後將妻子打入地牢。之後，赫爾米奧娜在牢裡生下了一名女嬰

萊昂特斯卻認為這個小孩絕對是個私生子，於是派人將她丟棄在野外

③ 萊昂特斯尋求神諭……

神論還警告萊昂特斯：他將不會有子嗣，而已經失去的也將無法復得，不過萊昂特斯不相信神諭，此時僕人通報馬米留斯已病逝

和所有人一樣，神論也說赫爾米奧娜是清白的

赫爾米奧娜得知馬米留斯的死訊之後，當場昏厥，隨後保莉娜宣布了赫爾米奧娜的死亡

④ 波蒂塔（被棄養的女嬰）被一位牧羊人收留

十六年過去了……

波利克塞尼斯當然反對

牧羊人在女嬰身旁發現了一個袋子，裡頭裝滿了寶物，於是他將女嬰與袋子一同帶回家

波蒂塔成為了一位美麗的牧羊少女，弗洛里扎爾對她一見鍾情，想要娶她為妻

5 流亡在外的卡米洛找到了重返西西里的方法

他建議弗洛里扎爾去找萊昂特斯尋求協助……

然後再迫不及待向波利克塞尼斯通風報信，於是兩個人也跟著前往了西西里

牧羊人擔心波利克塞尼斯生氣，於是也去找萊昂特斯

6 多虧了牧羊人帶來的寶物，證明了波蒂塔的身分……

波利克塞尼斯尤其特別高興。他對媳婦新的身分地位感到非常滿意

所有人都很高興，年輕的公主終於回來了！

好事成雙，保莉娜讓赫爾米奧娜的雕像活了過來。所有人又再次團圓了！

What's gone and what's past help
should be past grief.

對於已經過去而無能為力的事，
悲傷也是沒用的。

《冬天的故事》
The Winter's Tale

The Tempest

《暴風雨》

 寫作年份：1611年左右　　 故事地點：一座無人島上

劇本靈感來源

　　這齣劇本是莎翁少數百分之百的原創作品，而且大概也是最後一部完全由莎士比亞撰寫的劇作。有些讀者在劇中讀出了莎翁對劇場的道別（特別是第五幕、第一景中普洛斯皮羅的獨白）。雖然《暴風雨》也是以悲喜劇的規則為基礎的戲劇，但是這齣戲和《冬天的故事》等其他悲喜劇不同，因為它幾乎完全遵守了著名的「三一定律」：單一地、單一日以及單一行動。

故事情節

　　這部作品的主軸是普洛斯皮羅的復仇，因為他的弟弟安東尼奧奪走了他的爵位。莎士比亞快轉了普洛斯皮羅流亡十二年的日子，讓劇情直接從流亡生涯的尾端才開始發展。此外，莎翁還把所有角色都集合到這座魔法島上，並且把角色的故事情節，壓縮在短短幾個小時之內，徹底遵守了三一定律中的「單一地」、「單一日」定律。只有第三條定律，稍微有些逾越，因為除了故事主軸之外，莎翁還加入了三條子線：第一條是安東尼

奧和塞巴斯辛共謀設計國王阿隆索；第二條是卡里班意圖殺害主人普洛斯皮羅；第三條線則是阿隆索的兒子菲迪南追求普洛斯皮羅的女兒米蘭達，希望抱得美人歸。

這齣戲時常被認為是一則人性的寓言。卡里班代表的是「原始」，安東尼奧隱含的是「腐敗」，普洛斯皮羅象徵的則是「文明」。

各位看倌們，那你覺得呢？

《暴風雨》中，角色卡里班名字的由來？

卡里班的原文「Caliban」是「cannibal」這個英文字的變形，而「cannibal」是「食人族」的意思，源自於蒙田（Montaigne）一六〇三年所撰寫的散文《論食人族》（Of Cannibals）。

卡里班與英格蘭人的關係？

在歐洲殖民興起的時代裡，卡里班完美描繪了英格蘭人對殖民地原住民的印象。英格蘭人認為，這些原住民既原始又落後，需要他們引進知識加以開化。

角色關係圖

欠普洛斯皮羅一份人情
因此替他服務

討厭普洛斯皮羅……

艾力兒
空中的精靈

卡里班
普洛斯皮羅的奴僕

他和女兒米蘭達
隱居在一座島上
偶爾也會施展一下魔法

除了她父親以外
這輩子從來沒見過其他男人
因此很有可能會愛上
第一位來到島上的男子

普洛斯皮羅
米蘭法理上的公爵

米蘭達
普洛斯皮羅的女兒

一行人參加完阿隆索女兒
的婚禮，搭乘同一艘船

藉由阿隆索的協助
安東尼奧從普洛斯皮
羅手中奪取了王位

安東尼奧

米蘭的公爵
普洛斯皮羅的弟弟

阿隆索

那不勒斯的國王

塞巴斯辛

阿隆索的弟弟

酒鬼一枚

菲迪南

阿隆索的兒子

史提芬諾

侍酒管家

劇情

 阿隆索一行人的船在海上遇上了暴風雨……

這場災難只是普洛斯皮羅展
開報復的第一步

精靈艾力兒答應協助
普洛斯皮羅，以換取
自己的自由之身

奴隸卡里班想對米蘭達施
暴未果，只好按照普洛斯皮
羅吩咐，完成苦差事

---

2 船擱淺在普洛斯皮羅隱居的島上

安東尼奧慫恿塞巴斯辛殺害
阿隆索，以奪取他的王位

菲迪南以為自己是船難唯一的生還
者，接著他在島上撞見米蘭達，兩
個人一見鍾情

然而阿隆索傷心欲
絕，以為兒子已經
罹難身亡……

③ 普洛斯皮羅考驗著菲迪南的愛情

自己躲在一旁，這樣才能好好觀賞這畫面

他讓菲迪南像奴隸一樣辛苦地幹活著……

奴隸卡里班遇上了管家史提芬諾，並且慫恿他殺害主人普洛斯皮羅，這樣一來，他就可以竊取他的金銀財寶，還有他美麗的女兒

④ 阿隆索和屬下中了艾力兒的圈套

艾力兒把他們吸引到了一場宴會上，在宴會中，許多精靈邀請他們一塊大吃大喝……

接著艾力兒搖身一變，化身為人頭鳥身的女妖，控訴阿隆索的所有罪行

阿隆索失去了兒子，十分傷心，他認為這一切都是自己的錯

5　普洛斯皮羅和艾力兒繼續他們的計謀

為了盡早完成任務，卡里班想要加速行動……

但是被史提芬諾拖慢了速度，因為他在普洛斯皮羅的山洞裡，發現了幾件華麗的衣裳，於是想要穿在自己身上看看

普洛斯皮羅派出邪靈，立刻將他們趕了出去，接著主持菲迪南和米蘭達的婚禮

6　最後，所有人終於握手言和了……

並且釋放了艾力兒，艾力兒從此終於自由自在了！

安東尼奧當然有些不開心……

不過，阿隆索很高興和菲迪南團聚，而且兒子才剛娶了新婚妻子米蘭達

普洛斯皮羅把魔法拋在腦後，重返他的爵位……

We are such stuff as dreams are made on,
and our little life is rounded with a sleep.

我們都是夢中的人物，
我們的一生都在酣睡之中。

《暴風雨》
The Tempest

莎士比亞超圖解：解構17齣經典劇作，上一堂最好玩的莎翁課！

作者　　　凱若琳·吉約 Caroline Guillot
譯者　　　范堯寬
責任編輯　許瑜珊、林亞萱
版面編排　江麗姿
封面設計　任宥騰
資深行銷　楊惠潔
行銷主任　辛政遠
通路經理　吳文龍
總編輯　　姚蜀芸
副社長　　黃錫鉉
總經理　　吳濱伶
發行人　　何飛鵬
出版　　　創意市集 Inno-Fair
　　　　　城邦文化事業股份有限公司
發行　　　英屬蓋曼群島商家庭傳媒股份有限公司
　　　　　城邦分公司
　　　　　115台北市南港區昆陽街16號8樓

城邦讀書花園　http://www.cite.com.tw
客戶服務信箱　service@readingclub.com.tw
客戶服務專線　02-25007718、02-25007719
24小時傳真　　02-25001990、02-25001991
服務時間　　　週一至週五9:30-12:00，13:30-17:00
劃撥帳號　　　19863813　　戶名：書虫股份有限公司
實體展售書店　115台北市南港區昆陽街16號5樓
※如有缺頁、破損，或需大量購書，都請與客服聯繫

香港發行所　城邦（香港）出版集團有限公司
　　　　　　香港九龍土瓜灣土瓜灣道86號
　　　　　　順聯工業大廈6樓A室
　　　　　　電話：(852) 25086231
　　　　　　傳真：(852) 25789337
　　　　　　E-mail：hkcite@biznetvigator.com

馬新發行所　城邦（馬新）出版集團Cite (M) Sdn Bhd
　　　　　　41, Jalan Radin Anum, Bandar Baru Sri Petaling,
　　　　　　57000 Kuala Lumpur, Malaysia.
　　　　　　電話：(603)90563833
　　　　　　傳真：(603)90576622
　　　　　　Email：services@cite.my

製版印刷　凱林彩印股份有限公司
三版一刷　2024年9月

ISBN　　978-626-7488-27-0／新台幣 400 元
EISBN　　9786267488263（EPUB）／新台幣 280 元
Printed in Taiwan

※廠商合作、作者投稿、讀者意見回饋，請至：
創意市集粉專 https://www.facebook.com/innofair
創意市集信箱 ifbook@hmg.com.tw

國家圖書館出版品預行編目資料

莎士比亞超圖解：解構17齣經典劇作,上一堂最
好玩的莎翁課!/凱若琳.吉約(Caroline Guillot)
著；范堯寬譯. -- 三版. -- 臺北市：創意市集出
版：城邦文化事業股份有限公司發行, 2024.9
面；　公分

譯自：Le Grand Shakespeare illustré
ISBN　978-626-7488-27-0(平裝)

1.CST:莎士比亞(Shakespeare, William, 1564-
1616) 2.CST: 劇評 3.CST: 通俗作品

873.4332　　　　　　　　　　　　113011384